Books Bear
布克熊童书

文小通 编著

中采绘画 绘

唐诗不用背

一读就懂 学就会

光明日报出版社

图书在版编目（CIP）数据

唐诗不用背 / 文小通编著；中采绘画绘. — 北京：
光明日报出版社，2025.3. — （一读就懂一学就会）.
ISBN 978-7-5194-8540-5

Ⅰ. I222.742

中国国家版本馆CIP数据核字第2025J6B066号

唐诗不用背

TANG SHI BUYONG BEI

编　　著：文小通
绘　　者：中采绘画

责任编辑：徐　蔚　　　　　　　　责任校对：孙　展
特约编辑：张春艳　　　　　　　　责任印制：曹　净
封面设计：李果果

出版发行　光明日报出版社
地　　址：北京市西城区永安路106号，100050
电　　话：010-63169890（咨询），010-63131930（邮购）
传　　真：010-63131930
网　　址：http://book.gmw.cn
E－mail：gmrbcbs@gmw.cn
法律顾问：北京市兰台律师事务所龚柳方律师
印　　刷：天津裕同印刷有限公司
装　　订：天津裕同印刷有限公司
本书如有破损、缺页、装订错误，请与本社联系调换，电话：010-63131930
开　　本：170mm×240mm　　　　　　　　印　　张：18
字　　数：224千字
版　　次：2025年3月第1版
印　　次：2025年3月第1次印刷
书　　号：ISBN 978-7-5194-8540-5
定　　价：58.00元

目录

骆宾王

少年成名，
人生结局却成谜

初唐四杰

"小神童"

7 岁写出《咏鹅》

性格耿直

敢于讨伐武则天

长安漂→边塞漂

有志青年

组建大唐 F4 团体

从军：说走就走

心中有正义
为官好打抱不平

人物介绍

姓名：骆宾王　字：观光　民族：汉族
生卒年份：（约 638—约 684）
出生地：婺（wù）州义乌（今浙江义乌）

001

咏❶鹅

唐·骆宾王

鹅，鹅，鹅，曲项❷向天歌❸。
白毛浮绿水，红掌❹拨清波。

字词直通车 `考点`

❶ 咏：歌咏、赞唱，用诗、词等叙述或描写某物的诗。
❷ 曲项：弯着脖子。曲，动词，弯着。项，脖子。
❸ 歌：在这里是动词，意思是唱、鸣叫。
❹ 红掌：红色的脚蹼（pǔ）。

诗情画"译"

　　（看哪，快看！）鹅，鹅，鹅！它弯曲着长长的脖颈朝天放声高歌。雪白的羽毛漂浮在绿水之上；红色的脚蹼在水下划动着，泛起层层清波。

　　骆宾王出生在婺州义乌。祖父曾是隋朝官员，天下大乱后辞官回乡，父亲曾是青州博昌县令。家人对小骆宾王寄予厚望，希望他长大以后能够报效国家，小骆宾王自小便饱读诗书。

　　骆宾王7岁时，一天，家里来了一位客人，看到聪明伶俐的骆宾王，就问了几个问题，没想到小小的骆宾王对答如流，客人赞许地点点头："这小子很聪明呀。"饭后，众人散步走到池塘边时，客人便指着池塘里的大白鹅让小骆同学作首诗。小骆同学略加思索便吟出这首流传千古的《咏鹅》。众人听了连连赞叹："这孩子真是'神童'呀！"

诗意解读 考点

❶ 《咏鹅》是一首五言古诗，即：每句五个字、全篇句数不定的诗体。这也是一首咏物诗——借物抒情的诗歌。

❷ 这首诗童趣十足，小诗人仅用 18 个字就抓住了白鹅的特征，语言清新欢快。第一句，连用三个"鹅"字，反复咏唱，模仿了鹅的叫声，又描绘出一幅孩童看到鹅后欢喜大叫的画面，形象地展现出诗人对鹅的喜爱。第二句，"曲项向天歌"描写了鹅鸣叫时的神态，"曲项"勾勒出鹅的线条美。第三、四句巧妙地利用了色彩的对比，白毛、绿水、红掌、清波，相映成趣，"浮""拨"二字生动地呈现出白鹅戏水的动态图。

❸ 初唐四杰：骆宾王与王勃、杨炯、卢照邻合称"初唐四杰"，他是四杰中诗作最多的。

在狱咏蝉

唐·骆宾王

西陆①蝉声唱，南冠②客思深。
不堪玄鬓③影，来对白头吟④。
露重飞难进⑤，风多响易沉⑥。
无人信高洁，谁为表予⑦心？

字词直通车

考点

① 西陆：指秋天。

② 南冠（nánguān）：这里指囚徒。

③ 玄鬓（bìn）：指蝉。玄，黑色。古代妇女梳鬓发
如蝉翼状，称"蝉鬓"。

④ 白头吟：乐府曲名。

⑤ 飞难进：蝉难以高飞。

⑥ 响：指蝉声。沉：淹没。

⑦ 予：我。

诗情画"译"

秋天，蝉儿哀怨地鸣叫，被囚禁的我，生出深深的愁思。

不能忍受这秋蝉扇动着乌黑的翅膀，对着我这斑斑白发长吟。

秋露太重，蝉儿扇动轻盈的翅膀，也难以高飞。寒风瑟瑟，轻易地就把蝉鸣声淹没。

没有人相信蝉的高洁，又有谁相信我的清正，为我申冤呢？

唐诗
一读就懂 学就会
不用背

背景小调查

　　这是骆宾王在狱中写的诗。唐高宗仪凤三年（678），骆宾王做了十几年的小官，这一年升官当了侍御史。御史在当时是一个相当得罪人的工作，而骆宾王性格耿直，谁的面子也不给。见唐高宗昏庸，武则天把持朝政，骆宾王就上书讽刺武则天干涉朝政，惹怒了武则天，就被诬陷下了大狱。囚室的西墙外，是审理案件的公堂，那里有几株古槐树，一到傍晚蝉鸣阵阵，凄切悲凉的声音勾起骆宾王的愁思。他认为自己像蝉一样有崇高纯洁的品格，却被陷害入狱，心中满腹委屈，于是便借着蝉来写一首诗，以抒发自己的高洁操守，盼望有人能伸手助他渡过难关。

无人信高洁，
谁为表予心？

诗意解读

❶《在狱咏蝉》是一首五言律诗，也是一首咏物诗。五言律诗每句有五个字，全诗共有八句。

❷ 诗的第一句以蝉声开篇，听到秋蝉凄凉的鸣叫声，引起诗人的感伤之情。第三、四句明着写蝉，实际上在说自己，借秋蝉抒发感情。大好的青春，却被关在狱中，自己曾经也像秋蝉一样高唱过，而现在世事纷纭，乱象丛生，为国尽忠反被诬陷，暗示出人生的无奈。最后两句，以设问表明自己虽然拥有蝉的高洁品质，却含冤入狱，恳求知己朋友出手相助。

知识加油站

"初唐四杰"之卢照邻

　　卢照邻，字升之，自号幽忧子，生卒年不详，与骆宾王一样年少成名。年方10岁就到处拜师学艺，有不少佳句被传诵，如名动一时的长诗《长安古意》，其中"得成比目何辞死，愿作鸳鸯不羡仙"，被后人誉为经典。其代表作之一《曲池荷》，是一首五言绝句。此诗托物言志，表达了诗人的愤慨，哀叹了自己的凄凉命运。

曲池荷

唐·卢照邻

浮香绕曲岸，圆影覆华池。

常恐秋风早，飘零君不知。

王勃

文笔惊世人，
只可惜才高命短

天才少年

"初唐四杰"之首

6岁能诗，9岁指出《汉书》错处
16岁光荣成为大唐官员

擅长五律和五绝

坑爹的娃

大唐奇才

前半生天纵英才
后半生天妒英才

"黎明女神"

"落霞与孤鹜齐飞，秋水共长天一色"

人物介绍

姓名：王勃 字：子安 民族：汉族
生卒年份：（650—676）
出生地：绛州龙门（今山西河津）

送杜少府^❶之任蜀州

唐·王勃

城阙辅^❷三秦，风烟望五津^❸。

与君离别意，同是宦游^❹人。

海内存知己，天涯若比邻。

无为^❺在歧路^❻，儿女共沾巾^❼。

字词直通车 考点

❶ 杜少府：王勃的友人。少府，唐代指县尉。

❷ 城阙（què）：指唐代都城长安。辅：护卫。

❸ 五津：四川境内长江的五个渡口。

❹ 宦（huàn）游：外出做官。

❺ 无为：无须、不必。 ❻ 歧（qí）路：岔路，指送别处。

❼ 沾巾：挥泪告别。

诗情画"译"

　　三秦之地护卫着长安，眺望蜀地方向，却是一片风烟迷茫。你我都充满离别愁绪，我们都是远离家乡外出做官的人。四海之内有你这样的知己，即使远在天涯，也像是近在眼前。不要在分别时忧伤，像小儿女一样让泪水打湿衣裳。

唐诗
一读就懂 学就会
不用背

背景小调查

　　王勃出身于书香世家，自小聪明过人，6岁便能写诗，16岁就担任了官职。王勃是少年英才，意气风发，也是社交场上的活跃分子，认识不少志同道合的好友。这天，有位姓杜的好友要去四川做县尉，王勃去送行。好朋友握着王勃的手依依不舍："不想离开京城呀！"王勃拍拍好友的肩膀豪气万丈地说道："好男儿志在四方，只要我们志同道合，距离那都不是事儿。"王勃爽快的话语积极向上，又充满了正能量，冲淡了友人离别的伤感。

诗意解读

考点

❶ 这是一首五言律诗，也是送别诗的名作。意在安慰好友不要在离别时伤感。

❷ 前两句，写送别地与友人目的地的形势和风貌，写出了雄浑广阔的气势。
第三、四句，点明离别的原因，感情共鸣。第五、六句，"海内存知己，天涯若比邻"安慰、鼓励好友，表现友谊不受时空的限制，情感乐观真挚；第七、八句，再次劝勉朋友，回应主题，也是自己情怀的吐露。全诗语言清新，一改送别诗的哀伤基调，鼓励好友不为远别悲伤，胸襟开阔，体现真挚深厚的友情。

❸ 王勃为"初唐四杰"之首，四杰排名是：王、杨、卢、骆。

滕王阁诗

唐·王勃

滕王高阁临江渚❶，佩玉鸣鸾罢❷歌舞。

画栋❸朝飞南浦云，珠帘❹暮卷西山雨。

闲云潭影日悠悠，物换星移几度秋。

阁中帝子❺今何在？槛❻外长江空自流。

字词直通车

❶ 江渚（zhǔ）：江中的小块陆地；小岛。

❷ 罢：停止。

❸ 画栋：饰有彩画的栋梁。

❹ 珠帘：指阁上缀有珍珠的帘幕。

❺ 帝子：皇帝的儿子。这里指滕王李元婴。

❻ 槛（jiàn）：栏杆。

诗情画"译"

　　高高的滕王阁临着江边小洲，佩玉、鸾铃鸣响的华丽歌舞早已停止。

　　早晨，南浦飞来的轻云在画栋边上掠过；傍晚时分，西山的雨吹打着珠帘。

　　白云的影子倒映在江水中，每日悠悠然地漂浮着。时光变迁，不知已经度过几个春秋。

　　修建这高阁的滕王如今在哪里呢？只有那栏杆外的江水向远方不停奔流。

背景小调查

约672年，王勃私杀官奴，牵连父亲被贬为交趾（今越南北部）县令。为此，王勃很内疚，出狱后就跑去探望父亲。在重阳节时，他恰巧路过南昌，南昌府都督阎公邀请文人雅士正在滕王阁饮酒赋诗欢度重阳。宴会上，阎公想着捧一捧自己的女婿，假意邀请才子们写诗，大家都明白都督的心思，互相推辞。才情高情商低的王勃见众人不写，大喊一声："让我来！"挥笔写下千古名篇《滕王阁序》，并在序文的结尾，附上了这首诗。

让我来！

滕王阁序

诗意解读

考点

❶ 这是附在《滕王阁序》最后的小诗，概括了序的内容，与《滕王阁序》相得益彰。

❷ 第一句，开门见山，写滕王阁的地理位置，"高"字既写出了楼阁的雄壮气势，又有登高而视野开阔的感觉。第二句，回忆往昔滕王在这座高楼里宴请宾客的华丽喧闹的景象。

王勃

第三、四句，紧承第二句，进一步描写滕王阁的冷清寂寞。第五、六句，由空间转入时间，发出时光流逝、物换星移的感慨。最后两句，感慨人去阁在，江水永流，一个空字概括了全诗的主题。诗人借登高望远，表达对人生易老、功业难就的深切感慨。

❸ 滕王阁（位于江西南昌）、黄鹤楼（位于湖北武汉）、岳阳楼（位于湖南岳阳）合称为"江南三大名楼"。

知识加油站

"初唐四杰"之杨炯

杨炯（650—693），字令明，弘农华阴（今属陕西）人。"初唐四杰"之一。显庆四年（659），年仅9岁的杨炯被举为神童，上元三年（676）应制举及第，授校书郎。他是初唐从未亲历边塞战争的边塞诗人，文学才华出众，善写散文，尤擅长诗词，主张"骨气""刚健"的文风。他不满初唐四杰"王杨卢骆"的排名，说出"愧在卢前，耻居王后"的话，却与王勃交往最近，王勃去世后，整理了王勃的诗文并为他的诗文集作序。在盈川（在今浙江衢州）任县令时去世，后人称他为"杨盈川"。

从军行

唐·杨炯

烽火照西京，心中自不平。

牙璋辞凤阙，铁骑绕龙城。

雪暗凋旗画，风多杂鼓声。

宁为百夫长，胜作一书生。

陈子昂

吟千古绝唱，
一代才名括天地

富二代

18 岁之前，梦想仗剑天涯
18 岁之后，弃武从文

冤死狱中

『国朝盛文章，
子昂始高蹈。』

初唐诗文革新旗手

念天地
之悠悠

世称"陈拾遗"

才气＋名声＝榜上有名

"前不见古人，
后不见来者。"

人物介绍

姓名：陈子昂　字：伯玉　民族：汉族
生卒年份：（659—700）
出生地：梓州射洪（今四川省射洪市）

登幽州台歌

唐·陈子昂

前不见古人 ❶，后不见来者。
念 ❷ 天地之悠悠 ❸，独怆然 ❹ 而涕 ❺ 下。

字词直通车

❶ 古人：古代那些能够礼贤下士的圣君。

❷ 念：想到。

❸ 悠悠：形容时间的久远和空间的广大。

❹ 怆（chuàng）然：悲伤的样子。

❺ 涕（tì）：古时指眼泪。

诗情画"译"

　　站在荒凉的幽州台上，往前看不见古代礼贤下士的圣君，向后看不见后世求才的明君。

　　一想到天地悠悠无穷无尽，我不禁倍感忧伤独自落泪。

陈子昂

背景小调查

公元 696 年，契丹攻陷了营州。武则天派侄子武攸宜征讨契丹，陈子昂担任参谋。陈子昂满腔热血奔赴战场，战场上没有遇到神一样的对手，却遇到了猪一样的队友。主帅武攸宜不懂军事，只会瞎指挥，导致大军惨败。陈子昂挺身而出，请求带一万士兵突围，武攸宜不听。过了几天，陈子昂又向武攸宜进言，武攸宜蛮不讲理，直接将他贬为军曹（班长级别）。陈子昂接连受挫，心中非常郁闷。这天黄昏，他独自登上幽州蓟北楼远望，天地如此之大，人如此渺小，想到战国时燕昭王曾在这里广招天下贤士，而他空怀抱负，报国无门。此时，陈子昂深感绝望，心中悲愤，高歌唱道："前不见古人，后不见来者。念天地之悠悠，独怆然而涕下。"留下了这首千古绝唱。

诗意解读

❶ 全诗仅 22 字，写尽孤独苍凉之感，语言奔放，富有感染力。抒写了诗人怀才不遇、政治理想破灭的痛苦，寄寓着报国立功的渴望。

❷ "前不见古人，后不见来者。"俯仰古今，写出时间漫长；从时间的角度表现诗人的孤独。"念天地之悠悠，独怆然而涕下。"借景抒情，写出空间辽阔；从空间的角度表现诗人的孤独；前后互相照应，格外动人。苍茫天地悠悠无限，生命如此孤独又无奈。诗人空有一腔热血，却报国无门，不由得流下了眼泪，堪称"千古第一悲怆"。

知识加油站

什么是"风雅兴寄"和"汉魏风骨"？

陈子昂认为齐梁以来的诗只注重外表，辞藻华丽，内容却空洞，没有感发的力量。他提出了诗歌新主张："风雅兴寄"和"汉魏风骨"。

❶ "风雅"

"风雅"一般指的是《诗经》中的《风》《雅》。

陈子昂提出的"风雅"指的是"风雅精神"，像《诗经》那样关注现实，有强烈的道德意识和积极的人生态度。

❷ "兴寄"

"兴"是《诗经》表现形式之一，就是借他物来引出此物的意思。而"寄"就是诗歌要有所寄托。

例如《关雎》开头写"关关雎鸠，在河之洲"，诗人先言眼前的景物，以兴起下文"窈窕淑女，君子好逑"。

"风雅兴寄"是诗歌要发扬批判现实的传统，回归现实生活，要有深厚的情感依托，抒发作者内心的情感或有所寄托。

❸ "汉魏风骨"

"汉魏风骨"是指汉魏文学中刚健有力、积极进取的壮美风格。

"风骨"的实质是要求诗歌有高尚充沛的思想感情，有健康积极充实的内容，关心社会现实。例如《登幽州台歌》全诗风格明朗刚健，读来苍劲有力，富有感染力，是具有"汉魏风骨"的唐代诗歌的先驱之作。

贺知章 | 光荣退休的 幸福诗人

诗狂

酒中八仙

状元
好酒

著名诗人
著名书法家

"少小离家老大回，乡音无改鬓毛衰。"

人物介绍

姓名：贺知章　字：季真　民族：汉族
生卒年份：（659—744）
出生地：越州永兴（今浙江萧山）

咏柳

唐·贺知章

碧玉❶妆❷成一树高，万条垂下绿丝绦❸。
不知细叶谁裁❹出，二月春风似❺剪刀。

字词直通车　考点

❶ 碧玉：碧绿色的玉。这里用以比喻春天嫩绿的柳叶。

❷ 妆：装饰，打扮。

❸ 绦（tāo）：用丝编成的绳带。这里指像丝带一样的柳条。

❹ 裁：裁剪。

❺ 似：如同，好像。

诗情画"译"

高高的柳树长满了嫩绿的新叶，轻垂的柳条像千万条轻轻飘动的绿色丝带。

不知道这细细的柳叶是谁裁剪出来的？原来是那二月的春风，它就像一把神奇的剪刀。

背景小调查

　　天宝三载（744），86岁高龄的贺知章生了一场大病。一天他梦到自己在天帝的宫殿中漫游，等病情稍微好转，就向唐玄宗申请回乡养老。唐玄宗批准了他的请求，把家乡镜湖一带赏赐给他，亲笔为他写送行诗，让太子李亨亲自率领文武百官把他送到城门外。

　　告别繁华的长安，贺知章一路南下，到达萧山县城，再坐船去南门外潘水河边的旧宅。此时正是二月早春，春意盎然，微风拂面。贺知章如脱笼之鸟回到家乡，心情自然格外高兴，看到岸边柳芽初发，柳枝随风飘动，他诗兴大发，写下了这首清新灵动的《咏柳》。

诗意解读

❶ 这是一首七言绝句。七言绝句全诗共四句，每句七字。

❷ 这也是一首咏物诗，写的是早春二月的杨柳。诗人运用比喻和拟人的手法，生动地歌咏了早春嫩柳的迷人风姿，赞颂了大自然的鬼斧神工。第一句写树，将柳树拟人化，描绘成一位梳妆打扮后亭亭玉立的美人。第二句写柳枝像丝带一样飘动，突出柳枝的柔美。第三句写柳叶，用问句来赞美柳叶精巧纤细。最后一句是答句，是二月的春风似剪刀裁剪出细叶。这两句构成一个设问，巧妙地从赞美柳树过渡到赞美春风，赞美春天。

❸ 这首诗由总到分，条序井然，由一株春柳写到无限春意，小中见大，构思十分巧妙。诗中多用比喻、拟人等各种手法，状物形象逼真自然。

回乡偶书 ①

唐·贺知章

少小离家老大回，乡音无改鬓毛衰②。
儿童相见③不相识④，笑问客从何处来。

字词直通车

① 偶书：不经意、随意写的诗。偶，说明诗写作得很偶然。

② 鬓（bìn）毛衰（shuāi）：老年人须发稀疏变少。

③ 相见：指看见我。

④ 不相识：不认识我。

诗情画"译"

　　我年少时离开家乡，到老年时才回来，虽然我的口音没有改变，但鬓角的毛发却已花白稀疏。

　　家乡的孩童看见我，没有一个人认识我。他们笑着问我：您是从哪里来的呀？

背景小调查

这是诗人告老回乡时写下的诗。

贺知章在 37 岁高中状元，进京入职时，全乡百姓都来给他送行。临别之际，诗人挥手与乡亲们告别："我还会回来的！"没想到这一走就是将近 50 年。

贺知章在 86 岁时，辞官返乡，离别几十年，回家的心情是开心的，看到家乡的风景是如此熟悉，看到家乡的人是如此亲切，看到家乡的孩子是如此可爱。天真烂漫的孩童蹦蹦跳跳地跑过来，笑着问道："老爷爷，您是从哪里来的呀？"诗人不知如何回答，虽然还有一口乡音，可是在家乡长大的孩子已经不认得自己。诗人的心是既喜悦又惆怅："终于回到了这片让我热爱的土地。"

诗意解读　考点

① 这是一首七言绝句。

② 诗的第一句，就紧扣题目，以"少小""老大"点明离家时间久远，第二句用"乡音"和"鬓毛衰"对比，写出了诗人青丝成白发的感慨以及回乡后的亲切与疏离之感，诗人这时的内心是悲喜交集的。最后两句是一个非常富于

萧山方言
饭有没有吃过？

老大

少小

鬓毛

情景性的描写，儿童笑问的场面，充满了生活情趣，既抒发了诗人久客他乡的伤感，也写出了久别回乡的亲切感。

❸ 从这首诗歌里，我们可以读出贺知章回到家乡的轻松心情。全诗语言朴实无华，感情自然真挚。

知识加油站

李峤笔下的风韵

李峤（约 644—713），字巨山，唐朝宰相。他和杜审言、崔融、苏味道并称"文章四友"，代表作有《李峤集》。与《咏柳》中将风化为有形的剪刀相比，下面这首诗则是将看不到、摸不着的风通过描绘让人感受出它无所不在威力。

风

唐·李峤

解落三秋叶，能开二月花。
过江千尺浪，入竹万竿斜。

这是一首描写风的咏物诗，写出了风时而轻柔，时而狂暴的特点。整首诗没有出现一个风字，也没有直接描写风的外部形态和特点，而是通过了物品在风的作用下变化，表现出风的柔情与强悍。

第一关 我会填

1. 骆宾王，字 _____。

2. 《滕王阁诗》是 _____（作品名）后面的一首小诗。

3. "江南三大名楼" 是 _____、_____、_____。

4. "初唐四杰" 是 _____、_____、_____、_____。

5. "儿童相见不相识，笑问客从何处来" 出自 _____。

第二关 我会背

1. _____，曲项向天歌。_____，_____。

2. 海内存知己，_____。

3. 念天地之悠悠，_____。

4. _____，谁为表予心?

飞花令：蝉

1. 先秋蝉一悲，长是客行时。

　　　　　　——唐·张乔《蝉》

2. 六月初七日，江头蝉始鸣。

　　　　　　——唐·白居易《早蝉》

3. 倚杖柴门外，临风听暮蝉。

　　　　　　——唐·王维《辋川闲居赠裴秀才迪》

4. 高树蝉声入晚云，不唯愁我亦愁君。

　　　　　　——唐·雍陶《蝉》

第三关　我会解

1. 咏：＿＿＿＿＿＿。　2. 白头吟：＿＿＿＿＿＿。　3. 西陆：＿＿＿＿＿＿。

4. 沾巾：＿＿＿＿＿＿。　5. 妆：＿＿＿＿＿＿。　6. 偶书：＿＿＿＿＿＿。

第四关　我会连

《咏鹅》　　　　　　不知细叶谁裁出　　　　　　红掌拨清波

《咏柳》　　　　　　白毛浮绿水　　　　　　来对白头吟

《在狱咏蝉》　　　　　　不堪玄鬓影　　　　　　二月春风似剪刀

牛刀小试答案

第一关：我会填

1. 观光

2. 《滕王阁序》

3. 滕王阁 黄鹤楼 岳阳楼

4. 王勃 杨炯 卢照邻 骆宾王

5. 《回乡偶书》

第二关：我会背

1. 鹅、鹅、鹅 白毛浮绿水 红掌拨清波

2. 天涯若比邻

3. 独怆然而涕下

4. 无人信高洁

第三关：我会解

1. 歌咏、赞唱

2. 乐府曲名

3. 指秋天

4. 挥泪告别

5. 装饰，打扮

6. 不经意、随意写的诗

第四关：我会连

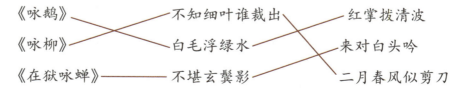

王之涣

"欲穷千里目"的边塞诗人

著名盛唐边塞诗人

豪侠之风

意境开阔、朗朗上口

"欲穷千里目，更上一层楼。"

人物介绍

姓名：王之涣　字：季凌　民族：汉族
生卒年份：（688—742）
出生地：绛州（今山西新绛县）

登鹳雀楼 ❶

唐·王之涣

白日 ❷ 依 ❸ 山尽 ❹，黄河入海流。

欲 ❺ 穷 ❻ 千里目，更 ❼ 上一层楼。

考点

字词直通车

❶ 鹳（guàn）雀楼：旧址在山西永济市西南，传说常有鹳雀在此停留，所以有此名。

❷ 白日：太阳。此处指夕阳。

❸ 依：贴着、挨着。

❹ 尽：消失、完。

❺ 欲：希望、想要的意思。 ❻ 穷：尽，使达到极点。

❼ 更：再。

诗情画"译"

　　站在高楼上，只见夕阳依贴着西山慢慢沉落，滔滔黄河朝着大海汹涌奔流。

　　想要看到千里之外的风光，那就要再登上更高的一层楼。

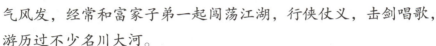

背景小调查

王之涣出身于山西的名门望族，祖上都是为官之人，他从小就受到良好的教育。少年时的小王同学意气风发，经常和富家子弟一起闯荡江湖，行侠仗义，击剑唱歌，游历过不少名川大河。

年龄稍大些，他才沉下心来虚心求学、做文章。年龄还不到20岁，便能精研文章，不到壮年已经能够自己理解注释典故里的意思了。公元718年夏天，王之涣进京去拜会偶像张九龄。这天

黄昏，王之涣途经山西蒲州，远远望到岸边耸立的鹳雀楼，它的位置比较高，前面对着中条山，下面靠近黄河，是观赏黄河的一个好地方。王之涣登上鹳雀楼，看到一轮落日即将隐没在群山中，黄河奔流入东海，宏伟壮丽的美景吸引着他想登得更高，看得更远。他一时触景生情，诗兴大发，挥笔在白色墙壁上写下了这首诗。

白日依山尽，黄河入海流。欲穷千里目，更

唐诗
一读就懂 一学就会
不用背

诗意解读 考点

❶ 这是一首五言绝句，也是一首登高望远诗。它全篇用对仗，是五言诗的压卷之作。对仗就是字数相等、结构相同、平仄（音调）相对的一对语句，表达相反或者相关的意思。例如诗中"白日"和"黄河"两个名词相对，"白"与"黄"两种色彩相对，"依"与"入"两个动词相对。

❷ 诗的前两句写所见，写自然风光。"白日依山尽"写远景，写山，写的是登楼望见的景色，"黄河入海流"写近景，写黄河的壮观景象。由地面望到天边，由近望到远，由西望到东，使画面显得特别宽广、辽远。后两句写所想，写意，还想看得更远，唯一的办法就是要站得更高些，体现了站得高看得远的哲理。这首诗以景抒情，由情入理，把情、景、理融

站得高，看得远。

为一体，不仅刻画了祖国的壮丽山河，而且写出了积极进取的人生态度。

032

凉州词 ❶

唐·王之涣

黄河远上 ❷ 白云间，一片孤城万仞山，
羌笛 ❸ 何须 ❹ 怨杨柳 ❺，春风不度 ❻ 玉门关。

字词直通车

考点

❶ 凉州词：又名《凉州歌》，是为曲子《凉州》配的唱词。

❷ 远上：远远直上。

❸ 羌（qiāng）笛：羌族乐器，属横吹式管乐器。

❹ 何须：何必。 ❺ 杨柳：指的是古笛曲《折杨柳》。

❻ 不度：吹不到。

诗情画"译"

黄河好像从白云间奔流而来，玉门关孤独地耸峙在高山中。

何必用羌笛吹起那哀怨的《折杨柳》去埋怨春光迟迟不来呢，原来玉门关一带，春风是吹不到的啊！

背景小调查

王之涣临近30岁时经人推荐做了冀州衡水的主簿。没多久，有人因嫉妒诬陷他，才高气傲的王之涣毅然辞职，回家后靠着祖辈的积蓄过起了"躺平"的生活，每日读书写诗，无聊了就去旅游，到各个名胜古迹打卡。

王之涣过了15年闲散自由的生活。在这期间，他到处访友漫游，继黄鹤楼之后，来到了他向往的边塞圣地——凉州。王之涣初到凉州，看到黄河、边城的辽阔景象，又听到士兵吹奏的《折杨柳》曲，有感而发，写成了这首表现戍守边疆的士兵思念家乡的情怀的诗作。

诗意解读 考点

❶ 这首《凉州词》被章太炎称为"七绝之最"。"凉州词"是《凉州》的唱词，不是诗题，唐代许多诗人都喜欢这个曲调，为它填写新词，因此唐代许多诗人都写过《凉州词》。这首诗不是单写凉州，而是泛写西北边塞。

❷ 王之涣的这首诗是写戍边士兵的怀乡情。诗的前两句描绘了西北边地广漠壮阔的风光。第二句写塞上孤城，一座边塞孤城屹立在群山下，突出了戍边士卒的荒凉境遇。第三句，在这样苍凉的环境背景下，忽然听到了羌笛声，所吹的曲调恰好又是《折杨柳》，这不禁勾起戍边士兵们的思乡之愁。

❸ 此诗起于山川的雄阔苍凉，再承接以戍守者处境的孤危，可到第三句时，忽然一转，引入羌笛之声《折杨柳》，顿时就勾起了士兵的离愁。诗篇虽然写得悲壮苍凉，却没有半点颓丧消沉的情调，充分表现出盛唐诗人的广阔胸怀。

知识加油站

"盛唐佳作"——《凉州词》

　　看了王之涣的《凉州词》，再来领略诗人王翰的一首《凉州词》。王翰（生卒年不详），字子羽，并州晋阳（今山西太原市）人，唐代边塞诗人之一。他性格豪放，喜欢饮酒，在酒席上又唱又跳，但是仕途不顺。这首边塞诗是王翰的组诗作品之一，诗人落笔不写战争，却写饮酒，描写出征前战士们痛快豪饮的场面，表现了战士们将生死置之度外的旷达、奔放的思想感情。

凉州词

唐·王翰

葡萄美酒夜光杯，欲饮琵琶马上催。

醉卧沙场君莫笑，古来征战几人回？

孟浩然

襄阳布衣，
寄情山水之间

田园诗人

山水田园派诗人　孟山人

李白的偶像

关键时刻爱掉链子

求仕不得

因品河鲜背疾复发去世

布衣诗人

人物介绍

姓名：孟浩然　字：浩然　民族：汉族
生卒年份：（689—740）
出生地：襄州襄阳（今湖北襄阳）

037

春晓 ❶

唐·孟浩然

春眠不觉晓❷，处处闻❸啼鸟❹。
夜来风雨声，花落知多少❺。

字词直通车　考点

❶ 晓：天刚亮的时候。春晓，即春天的早晨。

❷ 不觉晓：不知不觉天就亮了。

❸ 闻：听。

❹ 啼鸟：鸟的啼叫声。

❺ 知多少：不知有多少。

诗情画"译"

　　春天来了，我睡得真甜，不知不觉天已大亮。一觉醒来，到处可以听见小鸟在歌唱。

　　回想昨夜的阵阵风雨声，花儿不知被吹落了多少。

背景小调查

　　武后永昌元年（689），孟浩然生于湖北襄阳的一个书香世家，是孟子的33代孙。他从小接受的便是正统的儒家教育，闲时会和弟弟一起学剑，逐渐成长为文武双全的翩翩少年郎。18岁那一年，孟浩然参加了县试，一出手便高中榜首。这个时期，孟浩然崇拜的偶像张柬之在扶持中宗李显登上皇位后，受到武三思排挤，被贬回了家乡，最后死在了流放途中。孟浩然不愿意为这样的朝廷效力，做出了一个大胆而又任性的决定——不再继续参加科举考试了，前往鹿门山隐居。他的隐居生活过得悠闲自在，每天可以睡到自然醒。在某个春日的清晨，诗人被窗外叽叽喳喳的小鸟吵醒，看到窗外被雨吹落的花瓣，诗兴大发，写下《春晓》。

诗意解读 考点

❶ 这是一首惜春古诗，诗人抓住春日清晨的一刹那图景，抒发了诗人热爱春天、珍惜春光的美好心情。

❷ 首句"春眠不觉晓"，第一字就点明季节，写春眠的香甜。次句"处处闻啼鸟"写春景，春天早晨的鸟语。"处处"是四面八方的意思，二字用得很传神，写出了诗人刚醒时迷迷糊糊的精神状态。第三、四句，诗人追忆昨晚的潇潇春雨，然后联想到春花被风吹雨打、落红遍地的景象。诗人把爱春和惜春的情感寄托在对落花的叹息上，表达出对春天即将离去的惋惜。

过① 故人庄②

唐·孟浩然

故人具③鸡黍④，邀我至⑤田家。
绿树村边合⑥，青山郭⑦外斜⑧。
开轩面场圃⑨，把酒话桑麻⑩。
待到重阳日，还来就菊花⑪。

考点 字词直通车

① 过：拜访。② 故人庄：老朋友的田庄。庄，田庄。

③ 具：准备，置办。④ 鸡黍（shǔ）：指农家待客的丰盛饭食（字面指鸡和黄米饭）。

⑤ 至：到。⑥ 合：环绕。⑦ 郭：村庄的外墙。⑧ 斜：倾斜。

⑨ 轩：窗户。面：面对。场圃：场，打谷场；圃，菜园。

⑩ 把酒：端着酒具，指饮酒。话桑麻：闲谈农事。桑麻，这里泛指庄稼。

⑪ 还（huán）：返，来。就菊花：指饮菊花酒，也是赏菊的意思。就，赴，指去做某事。

诗情画"译"

老友准备好丰盛的饭菜，邀请我到家里做客。绿树围绕着村庄，青山在墙外起伏倾斜。

推开窗户，看到对面的打谷场和菜园，举起酒杯一起聊着庄稼的情况。等到了重阳节那天，我还来喝酒赏菊。

孟浩然隐居鹿门山时，有一天，他的一位好友邀请他去农家小院做客。孟浩然听了很开心，一边走，一边欣赏田园风光。不知不觉，诗

人离村庄越来越近了，青翠的树林围绕着村落，村外青山重叠，如此美丽的山村风光和平静的田园生活令人向往。等来到好友家，朋友特意为他准备了一桌美味饭菜。两位老友重逢，有着说不完的话。两人喝着小酒，吃着新鲜

的农家菜，聊着"今年小麦大丰收""院子里的黄瓜真水灵"。闲谈之中充满乐趣。这顿饭，孟浩然吃得相当满

足，还和好友约起了饭，等农历九月九日重阳节，还来这里把酒言欢。

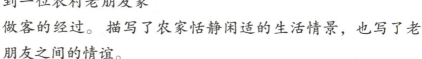

诗意解读 考点

❶ 这是一首五律田园诗，写的是诗人应邀到一位农村老朋友家做客的经过。描写了农家恬静闲适的生活情景，也写了老朋友之间的情谊。

❷ 整首诗的叙事顺序与结构是层层推进的。前两句从应邀写起，开门见山，简单而随便。"故人"说明诗人不是第一次做客。第三、四句由外至内写进了村，第一眼看到的绿树青山，这两句是描写山村风光的名句，绿树环绕，青山横斜，犹如一幅清淡的水墨画。第五、六句写山村生活情趣。由内至外，自己在屋中，打开窗户，看外面，面对谷场菜圃，把酒谈论庄稼，亲切自然，充满着田园生活的乐趣。结尾两句以重阳节还来相聚，写出友情之深，在即将分别时就盼着下次再相见。

❸ 这首诗用朴实的文笔，写淳朴的农家生活，一切都是自然之景、自然之事、自然之情。我们可以感受到生活的平淡之美、友情的真挚之美，这大概就是对"君子之交淡如水"的最好诠释。

宿建德江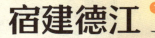

唐·孟浩然

移舟②泊③烟渚④，日暮客⑤愁⑥新。
野旷天低树，江清月⑦近人。

字词直通车

① 建德江：在今浙江省杭州市建德市，在著名的千岛湖附近。

② 移舟：划动小船。

③ 泊：停船靠岸。

④ 烟渚（zhǔ）：指江中雾气笼罩的小沙洲。

⑤ 客：指诗人自己。

⑥ 愁：为思乡而忧思。

⑦ 月：水中的月影。

诗情画"译"

我把小船停靠在烟雾弥漫的小洲，茫茫暮色给游子新添几分乡愁。抬眼望去，旷野无边无际，远处的天空好像比树木还低；江水清澈，只有水中的月影与我非常亲近。

背景小调查

开元十六年（728），40岁的孟浩然到长安参加进士科考试，可惜落榜了。之后，他留在长安期望获得推荐进入仕途。当时他已非常有名，经常与文坛名士来往，并结交了很多朋友。一天，孟浩然在好哥们儿王维上班的地方研究文学和音乐，二人正兴高采烈地探讨，忽听一声"皇上驾到！"作为无业游民的孟浩然惊吓之下，躲到床底，不幸被唐玄宗发现。皇帝早就知道

> 怪我咯？

> 不才明主弃，
> 多病故人疏。

> 走吧，跟俺散散心。

孟浩然的名气，就让孟浩然念一首自己的作品。紧张之下，孟浩然背了首《岁暮归南山》，其中有一句"不才明主弃"，大意是：我没有才，皇上没看上我，最后使我没法当官。皇帝听后生气离开了。于是，孟浩然错失了一次成功的机会，心灰意冷之下回到家乡。在家乡他的心并不安稳，就应好友之邀漫游吴越，《宿建德江》就写于这一时期。开元十八年，烟花三月，孟浩然前往扬州，头号粉丝李白在黄鹤楼送别了这位挚友，写下名篇《黄鹤楼送孟浩然之广陵》。

诗意解读 考点

❶ 这是一首刻画秋江暮色的诗，是唐人五绝中的写景名篇。这首诗抒写了诗人泊船建德江时的漂泊之思和孤寂之感。

❷ 首句承接题目，点明自己停留的地点，同时也为下文的写景选择了一个明确的地点，以下所有的景色都是从这个地点所观察的。第二句描述自己的心情。正所谓"一切景语皆情语"，既然诗人带着这种心情观赏景物，那么下文的情感基调自然离不开"哀愁"了。第三、四句，分别从远景和近景两个方

面展开描述。先写远处的天空比近处的树林还要低，自然给人一种压抑的感觉。接着写的是江中的近景：因为江水清澈，所以江中的月影好像离船上的人更近了。人在旅途，只有月影相伴，怎能不孤独惆怅？这首小诗描写真实，情感自然，诗中虽只有一个愁字，却把诗人内心的忧愁写得淋漓尽致。

知识加油站

田园垂钓小趣

孟浩然写的田园诗，充满生活趣味，再来看一首同样意趣盎然的小诗。

小儿垂钓

唐·胡令能

蓬头稚子学垂纶，侧坐莓苔草映身。

路人借问遥招手，怕得鱼惊不应人。

　　胡令能（生卒年不详），隐居圃田（今河南中牟县）。年轻时以修补锅碗盆缸为生，人称"胡钉铰"（dīngjiǎo）。他的诗语言浅显而构思精巧，生活情趣很浓。这首诗写小儿"学"钓鱼可谓惟妙惟肖。因为是初学，所以他最"怕得鱼惊"，小心翼翼，屏气凝神，既怕人影惊鱼，又怕人声惊鱼。一、二两句是静态描写，三、四两句是动态描写，动静结合，传神地再现了儿童那种天真的童心和童趣，是唐诗中写儿童生活不可多得的佳作。

王昌龄

屡遭贬谪的
七绝圣手

七绝
圣手

诗家天子

边塞诗人

求仕不得

李白的偶像

边塞诗的创始人和先驱
与高适、王之涣齐名

运动达人

擅长七言绝句,诗境雄浑开阔
可与李白争胜

六边形战士

人物介绍

姓名:王昌龄　字:少伯　民族:汉族
生卒年份:(约698—约756)
出生地:京兆长安(今陕西西安)

芙蓉楼^①送辛渐^②

唐·王昌龄

寒雨连江^③夜入吴^④，平明^⑤送客楚山^⑥孤。
洛阳亲友如相问，一片冰心^⑦在玉壶。

字词直通车

① 芙蓉楼：原名西北楼，在润州（今江苏省镇江市）西北。

② 辛渐：诗人的一位朋友。

③ 连江：满江，形容雨势很大。

④ 吴：古代国名，泛指苏南浙北一带。

⑤ 平明：指黎明时分。

⑥ 楚山：楚地的山，这里指镇江一带的山。

⑦ 冰心：比喻纯洁的心。

诗情画"译"

　　凄冷的雨夜，大雨和江水连成一片，洒遍吴山吴水；清晨为你送别后，我独自面对楚山，心中充满离愁！洛阳的亲友若是问起我来，请告诉他们，我的心依然像玉壶里的冰一样晶莹纯洁。

王昌龄

这首诗作于天宝元年（742），当时正值大唐盛世的顶峰，却也暗藏衰落的迹象。王昌龄几经贬谪后，当上了江宁丞，也就是江宁的一个地方低级官员，郁郁不得志。辛渐是他的好朋友，打算到洛阳去，取道江宁，从润州渡江。王昌龄听说老友要来，非常激动，准备薄酒几樽，为朋友接风饯行。深厚的友谊让王昌龄陪了一程又一程，从江宁一直陪到润州，才在江边执手相别。友谊的小酒格外醉人，王昌龄委托辛渐——你到了洛阳，要是碰到我的那些个亲友故交，一定要告诉他们，我的初心不改，虽然经历了许多挫折，遭到小人的几许诽谤，但我还是当年那个我，冰心盛于玉壶之中，不改其冰洁之质！

诗意解读

❶ "寒雨连江夜入吴"，一场秋雨增添了秋夜的萧瑟凄凉，水江一色，让无限的离情别绪弥漫开来，秋意更是离别意，一重重似一重，这一幅浩瀚迷茫的吴江夜雨图，衬托出诗人对故友的难舍难离，然后画面一转，"平明送客楚山孤"的开阔意象相接而出，孤独的心绪表露无遗。

❷ "洛阳亲友如相问，一片冰心在玉壶"，这两句是诗人对友人的嘱托，洛阳的亲友如果问起"我"的情况，请告诉他们"我的心仍像纯洁清明的冰盛在玉壶之中"。诗人以冰心玉壶自喻，以此告慰友人，自己仍然光明磊落，坚持操守。

❸ 苍茫的江雨，孤峙的楚山，不仅烘托出诗人送别时的离别之情，更展现了诗人开阔的胸怀和坚毅的性格。江雨、楚山又与冰心玉壶形成照应，让人联想到诗人孤洁傲岸、冰清玉洁的形象。

出塞

唐·王昌龄

秦时明月汉时关，万里长征❶人未还❷。
但使❸龙城❹飞将❺在，不教❻胡马❼度阴山❽。

字词直通车

❶ 长征：长途出征。 ❷ 还：回来。 ❸ 但使：假如。
❹ 龙城：唐代的卢龙城。
❺ 飞将：指汉朝名将李广，他被称为"飞将军"。
❻ 教：让，使。
❼ 胡马：胡人骑兵，指侵扰内地的外族骑兵。
❽ 阴山：山名，在内蒙古自治区中部，山中缺口自古就是南北
交通要道。

诗情画"译"

依旧是和秦汉时期一样的明月和边
关，出征万里的将士们还未回还。
假使龙城飞将李广还在
的话，一定不会
让敌人的铁蹄踏
过阴山。

背景小调查

　　王昌龄作此诗时大概 27 岁，正值开元盛世，但边关形势却不容乐观。当时，唐朝在边疆设立安北都护府，治地却一迁再迁，从漠北回纥本部（今蒙古国哈拉和林西北），三迁至中受降城（今内蒙古包头西南黄河北岸）。安北都护府从蒙古境内一直内迁至河套地区，可见边关形势恶化，作者游历出塞刚好也经过河套，睹物生情，"秦时明月""汉时关"仍在，却无秦时良将蒙恬驱匈奴、设九原，匈奴不敢南下而牧马，汉时名将卫青、李广逐匈奴、捣龙城，不教胡马度阴山。诗人关心边事，同情长期征战的士兵，认为边防上的要害问题是将领无用，不能抵御来犯的敌人，因此借乐府旧题《出塞》作诗，以昔讽今。

诗意解读

❶ 这是一首著名的边塞诗，诗人从景物描写入手，首先勾勒出一幅冷月照边关的苍凉景象。"秦""月""汉""关"四字交错使用，运用了"互文见义"的修辞，说的是秦汉时的明月，秦汉时的边关。

❷ 诗人暗示自秦汉以来，边关就战事不断，这突出了时间的久远。"万里"说的是边塞和内地相距遥远，这突出了空间的辽阔。"人未还"让人联想到战争给人们带来的深重灾难和戍边将士的艰辛。

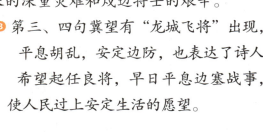

❸ 第三、四句冀望有"龙城飞将"出现，平息胡乱，安定边防，也表达了诗人希望起任良将，早日平息边塞战事，使人民过上安定生活的愿望。

从军行七首（其四）

唐·王昌龄

青海 ❶ 长云 ❷ 暗雪山 ❸，孤城 ❹ 遥望玉门关 ❺。

黄沙百战穿金甲，不破 ❻ 楼兰 ❼ 终不还。

字词直通车

考点

❶ 青海：指青海湖，在今青海省。

❷ 长云：层层浓云。

❸ 雪山：祁连山，山巅终年积雪。

❹ 孤城：边塞古城。

❺ 玉门关：汉置边关名，在今甘肃敦煌西北。

❻ 破：一作"斩"。

❼ 楼兰：汉时西域国名。

诗情画"译"

　　青海湖上乌云密布，遮得连绵雪山一片黯淡。边塞古城，玉门雄关，远隔千里，遥遥相望。守边将士身经百战，铠甲磨穿，壮志不灭，不打败进犯之敌，誓不返回家乡。

背景小调查

　　王昌龄青年时期曾经远赴边关漫游，在边塞大约停留了三年时间，在这期间他创作了许多与边塞有关的诗歌。《从军行七首（其四）》是非常具有代表性的一首七言绝句，歌颂了边关将士不畏边关艰苦的环境，恪守戍边职责的高尚风格，表现了诗人保家卫国、捍卫大唐盛世的雄心壮志。如果说这首诗表现出诗人无所畏惧的强者姿态的话，到了后来诗人感受到绵延不断的战事，让戍边的将士和边关的百姓都付出了巨大的代价，诗人的思想发生剧烈转变，倾向实行"怀柔"政策来安定边疆。诗人认为武力可以让异族投降，但是如果不能一视同仁，对异族仍抱有敌视的态度，可能最终还是会遭到他们的背叛。

诗意解读　考点

❶ 诗人在开篇两句描绘了一幅壮阔苍凉的边塞风景，概括了西北边陲的状貌。青海和玉门关让人联想到在这两个地方曾经发生过的战斗，不由使人心潮澎湃。这两句明着写景，暗中则包含着丰富的感情，有保家卫国的自豪，也有艰苦戍边生活的孤寂，情与景交融，让人感同身受。

❷ 后两句诗人则是直抒情感。"黄沙"二字，突出了西北战场的特征，"百战"而至"穿金甲"，更可想见战斗之艰苦激烈。但是，金甲尽管磨穿，将士的报国壮志却并没有磨灭，而是在大漠风沙的磨炼中变得更加坚定。

❸ 整首诗环境与人物感情高度统一，体现了王昌龄绝句的突出特点。

采莲曲

唐·王昌龄

荷叶罗裙 **①** 一色裁 **②**，芙蓉 **③** 向脸两边开。
乱入 **④** 池中看不见 **⑤**，闻歌 **⑥** 始觉 **⑦** 有人来。

考点

字词直通车

① 罗裙：用细软而有疏孔的丝织品制成的裙子。

② 一色裁：像是用同一颜色的衣料剪裁的。

③ 芙蓉：指荷花。

④ 乱入：杂入、混入。

⑤ 看不见：指分不清哪里是芙蓉的绿叶红花，
哪里是少女的绿裙红颜。

⑥ 闻歌：听到歌声。

⑦ 始觉：才知道。

诗情画"译"

采莲少女的绿罗裙融入
到田田荷叶中，仿佛一色，
少女的脸庞掩映在盛开的
荷花间，相互映照。混入
莲池中不见了踪影，听到歌声
四起才觉察到有人前来。

背景小调查

　　在唐天宝七载（748）夏天，王昌龄任龙标尉已经有了一段时间，结识了当地酋长的女儿阿朵。阿朵十分漂亮，面若秋月，眼若星辰，娇俏美丽，能歌善舞，而且非常有异族风情。王昌龄几经贬谪，遇见阿朵，眼睛一亮，一下子就被迷住了，一口气写了两首《采莲曲》，这里选的是第二首。这首诗让世人见识了边塞诗人柔情的一面，在王昌龄的所有诗篇中也算是少有的作品。这位阿朵姑娘呢，也很仰慕王昌龄。这

位异族少女不受礼法的约束，邀请王昌龄参观她的闺房。王昌龄受宠若惊，还为此专门写了一首《初日》诗，对诗人八卦感兴趣的同学不妨去读一读哟！

考点

诗意解读

❶ 诗人惯于把人物和环境通过情绪的纽带高度统一起来，组成一个和谐的整体。采莲少女的脸庞正掩映在盛开的荷花中间，看上去好像鲜艳的荷花正朝着少女的脸庞开放。在那一片绿荷红莲丛中，采莲少女的绿罗裙已经融入田田荷叶之中，几乎分不清孰为荷叶，孰为罗裙；而少女的脸庞则与鲜艳的荷花相互映照，人花难辨。

❷ 后两句更增加了画面的生动意趣和诗境的含蕴。十亩莲塘，荷花盛开，菱歌四起，观望者闻歌神驰；采莲少女们充满青

春活力的欢乐情绪也洋溢在这只闻歌而不见人的荷塘之中。

❸ 整首诗生动活泼，富于诗情画意，饶有生活情趣。

知识加油站

旗亭画壁

王昌龄、高适、王之涣都擅长绝句。有一天，他们到酒楼小酌，赶上梨园子弟宴饮。席上有几位歌女正打算唱诗。他们便打赌说："唱谁的诗多，谁就技高一筹！"

随即乐曲奏起，一位歌女唱道："……洛阳亲友如相问，一片冰心在玉壶。"王昌龄用手指在墙壁上画一道："我的！"随后，一歌女唱道："……夜台何寂寞，犹是子云居。"高适伸手画壁："我的！"又一歌女出场："……玉颜不及寒鸦色，犹带昭阳日影来。"王昌龄又伸手画壁："还是我的！"

王之涣脸上有些挂不住了，指着歌女中气质最不凡的一个说："她要是不唱我的诗，我就认输！"

结果，那位歌女上场，开口便唱："黄河远上白云间，一片孤城万仞山……"

三位诗人听后，相视大笑。

这就是"旗亭画壁"的故事。

王维

诗画禅乐
四绝的大咖

山水画之祖

音乐天才

"诗中有画，画中有诗"

诗佛

半官半隐

生于虔诚佛教之家
精通禅理
晚年过着僧侣般的
生活

人物介绍

姓名：王维　字：摩诘（jié）　民族：汉族
生卒年份：（701—761）
出生地：蒲州（今山西永济）

鹿柴

唐·王维

空山不见人，但**❷**闻人语响。
返影**❸**入深林，复**❹**照青苔上。

字词直通车 考点

❶ 鹿柴（zhài）：王维在辋川别业的胜景之一。
柴：通"寨""砦"，用树木围成的栅栏。
❷ 但：只。
❸ 返影：太阳将落时通过云彩反射的阳光。
❹ 复：又。

诗情画"译"

　　幽静的山谷里看不见人，只听到人说话的声音。
落日的余晖映入了深林，又照在幽暗处的青苔上。

背景小调查

安史之乱中，安禄山率领叛军攻陷潼关，随即攻破长安，唐玄宗仓皇逃往四川避难。王维却未能陪王伴驾，不幸被安禄山俘获。安禄山让王维出任给事中，王维不肯。为此他使出了各种大招，比如说吃泻药，一连几天拉肚子，想骗过安禄山。安禄山知道后，很生气，要不是因为王维诗名很大，就把他杀了。安禄山强忍怒火，把王维接到洛阳，拘押在菩提寺，让王维好好反省，对于给事中的官职，

王维想不当都不成了。安禄山败后，官军收复两京，认为王维曾任伪职，理应斩首。后因其弟王缙平叛有功，王维才得宽宥。此后，王维在终南山下购置辋川别业并隐居其中。《鹿柴》就是作于此时。

诗意解读

❶ 这是一首写景诗。第一句"空山不见人"，描写空山的杳无人迹，看似平常境界，其后紧接"但闻人语响"一句，境界顿出。"但"字颇可玩味，"人语响"，貌似破"寂"，实则是反衬，以局部的、暂时的"响"反衬出全局的、长久的"寂"，此时空寂感就更加突出了。

❷ 第三、四句由声及色。深林本就幽暗，树下青苔，更突出了深林的不见阳光。"返影"虽然给深林投下一抹斜晖，给幽暗的深林带来一线光亮，但细品之下，这些许的光芒和暖意，正映衬出幽暗深林的无边和广大。

真美！

❸ 诗人以动衬静，以局部衬全局，清新自然，让人回味。

唐诗 一读就懂 一学就会

送元二①使②安西③

唐·王维

渭城④朝雨浥⑤轻尘，客舍⑥青青柳色⑦新。
劝君更尽一杯酒，西出阳关⑧无故人。

字词直通车

考点

① 元二：诗人的朋友元常。

② 使：到某地；出使。

③ 安西：指唐代安西都护府。

④ 渭城：秦代咸阳古城，在今陕西省咸阳市东北。

⑤ 浥（yì）：润湿。

⑥ 客舍：旅店。

⑦ 柳色：指初春嫩柳的颜色，柳树也象征离别。

⑧ 阳关：汉置边关名，在今甘肃敦煌西南。

诗情画"译"

渭城清晨的一场春雨打湿了地面的尘土，客舍周围柳树青青，格外清新明朗。

老朋友，请你再饮一杯离别的酒吧，向西出了阳关以后，就难以再见到老朋友了。

背景小调查

这首诗是王维送别朋友元二远赴西北边疆安西都护府时所作。当时王维在长安为官，出使过边塞，还南下选拔过官员。开元二十三年（735），王维经贤相张九龄推荐再度入朝，出任右拾遗，主要负责向皇帝奏论政事、称述得失等，相当于现在监察部门的官员。可惜他官运不通，没多久张九龄罢相，口蜜腹剑的奸相李林甫独揽大权。王维受到连累，遭遇排挤。他心灰意冷，过上了半官半隐的生活，"晚年惟好静，万事不关心"。但面对故

友即将远赴边疆，仍忍不住劝慰友人："老二啊，多喝几杯酒吧，此出阳关，想跟老朋友见一面，可就难了！呜呜呜……"想到下次见面不知何时，王维不免老泪纵横。

诗意解读

考点

❶ 这是一首送别诗，诗的前两
句描绘了春天的景象，却
暗示了离别的悲伤。"柳"
者，"留"也。老友将别，
无限离情，通过眼前清丽的景色烘托而出。

❷ 后两句点明了主题，古人送别以酒以柳，都是挽留
和惜别的含义，表达出诗人对友人的深情厚谊。朋友即将
远赴边疆，此时一别，不知何日才能再见，千愁万绪无从说
起，尽在一杯离别之酒中。

❸ 诗人像个高明的摄影师一样，为我们呈现出这样的画面：再
干了这一杯吧，出了阳关，可就再也见不到老朋友了。这
是最富表现力的镜头，主客双方的惜别之情在这一瞬间都到
达了顶点。

九月九日 ❶ 忆 ❷ 山东 ❸ 兄弟

唐·王维

独在异乡 ❹ 为异客 ❺，每逢佳节 ❻ 倍思亲。
遥知兄弟登高 ❼ 处，遍插茱萸 ❽ 少一人。

字词直通车 ⚑考点

❶ 九月九日：重阳节。 ❷ 忆：想念。

❸ 山东：函谷关与崤山以东，古称山东。

❹ 异乡：他乡、外乡。 ❺ 为异客：在他乡作客。

❻ 佳节：美好的节日。 ❼ 登高：古有重阳节登高的风俗。

❽ 茱萸（zhūyú）：一种香草，即草决明。古时人们认为重阳节插戴茱萸可以避灾克邪。

诗情画"译"

一个人独自在他乡作客，每逢节日加倍思念远方的亲人。

遥想今日登高望远时，兄弟们头上都插满茱萸，却只少我一人。

背景小调查

　　此诗大约写于王维17岁时。当时正值重阳佳节，王维正在长安谋取功名，虽然繁华的帝都对他有很大的吸引力，但对一个少年游子来说，这是一个举目无亲的"异乡"，因此他倍感孤独和思乡。根据习俗，在九月初九重阳节这一天，他要和兄弟们登上高山，去采摘茱萸，插到身上和衣服上，以祈求健康平安。可是，今年的重阳节，王维却不能参加兄弟们的重阳祈福活动了，他的身上也不能插满代表着幸福和健康的茱萸。偌大的长安城，他孤零零的，连个可以说家乡话的朋友都没有。这份孤独深深攥住王维，让他厌恶异乡异客的身份，使他的"思亲"之情加倍。

诗意解读

❶ 此诗写出了游子的思乡怀亲之情。

❷ 前两句运用直接法，几乎不经任何迂回，而是直插核心，迅即形成高潮，出现警句。"独在异乡为异客"，直启诗人身在异乡的孤独之感。一个"独"、两个"异"字，直抒诗人强烈的思乡之情；"每逢佳节倍思亲"更是千古名句，直点主题——值此佳节，漂泊在外的游子加倍思念家乡的亲人。

❸ 后两句用婉转法，转笔写远在家乡的兄弟，遥想兄弟们在重阳佳节登上高山，在插茱萸时也会发现少了一个人，亲人们肯定也在思念着作者。

❹ 此诗自然率真，抒情宛转悠扬，千百年来传诵不歇。

知识加油站

古代重阳节习俗

重阳节，是中国的传统节日之一，日期在每年农历九月初九。古人认为"九"在数字中是最大数，有长久长寿的含义，九九重阳是吉祥的日子。唐朝时，重阳节被定为正式节日。从此以后，农历九月初九这天，民间会举行登高祈福、拜神祭祖及饮宴祈寿等各种各样的活动。

风俗一：登高

古代民间在重阳节有登高的风俗，故重阳节又叫"登高节"。登高望远，人们可以观赏秋天的丰收美景，表达对未来的期许和向往，同时也能锻炼身体，感受大自然之美。登高所到之处，一般是高山、高塔、高楼或高台。

风俗二：戴茱萸

茱萸是一种全体通红的椭圆形果子，又名"越椒""艾子"。古人认为重阳节这天，遍插茱萸有避灾克邪的作用。茱萸不仅气味芳香，还可以入中药，有去湿、逐风邪的作用，还能消积食，治寒热。

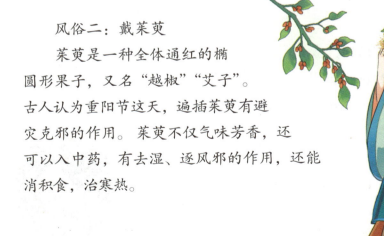

风俗三：吃重阳糕

据史料记载，重阳糕又称花糕、菊糕、五色糕，因为"高"与"糕"谐音，有步步登高的吉祥之意。在农历九月九日天明时，可以片糕搭儿女头额，口中念念有词，祝愿子女百事俱高。

重阳糕真好吃！

风俗四：祭祖

重阳节，与除夕、清明节、中元节合称中国传统四大祭祖的节日。古代民间会有祭祖祈福的习俗，清明为"春祭"，重阳为"秋祭"。

除了上述活动，古人在重阳节这天还会有赏菊、饮菊花酒、晒秋、放纸鸢等活动。重阳节也是古代诗人吟诗作赋的好时机，如李白《九日登山》、杜甫的《登高》、苏轼的《定风波·重阳》等，关于重阳节的诗作不胜枚举。

使^①至塞上

唐·王维

单车^②欲问边，属国^③过居延^④。
征蓬^⑤出汉塞，归雁入胡天^⑥。
大漠孤烟直，长河落日圆。
萧关^⑦逢候骑^⑧，都护^⑨在燕然^⑩。

字词直通车 考点

① 使：出使。 ② 车：一辆车，形容轻车简从。
③ 属国：官职名，指出使边陲的使臣。
④ 居延：代指边疆。 ⑤ 征蓬：随风飘飞的蓬草。
⑥ 胡天：这里指唐军占领的北方地区。
⑦ 萧关：古关名，又名陇山关，故址在今宁夏固原东南。
⑧ 候骑：负责侦察、通信的骑兵。
⑨ 都护：唐朝在西北边疆设置的官署称都护府，其长官称都护。
⑩ 燕然：燕然山，即今蒙古国杭爱山。

诗情画"译"

轻车简从将要去慰问边关，我要到远在西北边塞的居延。

像随风而去的蓬草一样出临边塞，像北归的大雁翱翔云天进入了胡地。

浩瀚沙漠孤烟直上，黄河边上落日浑圆。

到萧关时遇到侦察骑兵，得知主帅尚在前线未归。

背景小调查

开元二十五年（737）春，唐朝打了一个大胜仗，河西节度使崔希逸战胜了吐蕃，唐玄宗为了振奋前线军心，命王维以监察御史的身份出使凉州，担任河西节度使判官。这表面上看起来很风光，真相却是王维受到李林甫一党的排挤，被"挤"出了京城。当王维知道自己被"发配"边疆后，心里把李林甫一伙人骂个狗血喷头——你们在长安享福，让我到边疆受苦！可是当他出发后，看见沿途风光壮丽，大漠孤烟，长河落日，早把被排挤的不悦抛到九霄云外，幻想着此去边疆，没准儿能像汉朝大将那样建立一番伟大功业呢！诗人的豁达情怀，可见一斑。

诗意解读

❶ 这是一首边塞诗，记述诗人出使塞上的旅程以及旅程中所见的塞外风光。首联两句交代此行目的和到达地点，诗缘何而作。

❷ 颔联诗人以"蓬""雁"自比，说自己像随风而去的蓬草一样出临"汉塞"，像振翅北飞的"归雁"一样进入"胡天"。

❸ 颈联两句描绘了边陲大漠中壮阔雄奇的景象，境界阔大，气象雄浑，把自己的孤寂情绪巧妙地融入广阔的自然景象中。

❹ 尾联两句写诗人到了边塞，却没有遇到将官，侦察兵告诉诗人，守将正在燕然前线。这正是边塞生活的反映。

❺ 诗人由于被排挤而产生的孤独、寂寞、悲伤之情在大漠的雄浑景色中得到熏陶、净化、升华。

好美呀！

山居秋暝

唐·王维

空山❷ 新❸ 雨后，天气晚来秋。
明月松间照，清泉石上流。
竹喧❹ 归浣女❺，莲动下渔舟。
随意❻ 春芳❼ 歇❽，王孙❾ 自可留❿。

字词直通车 考点

❶ 暝（míng）：日落时分，天色将晚。

❷ 空山：幽静空旷的山谷。 ❸ 新：刚刚。

❹ 喧：笑语喧哗。

❺ 浣（huàn）女：洗衣服的女子。 ❻ 随意：任凭。

❼ 春芳：春天的花草。 ❽ 歇：消散，消失。

❾ 王孙：原指贵族子弟，此处指诗人自己。 ❿ 留：居。

诗情画"译"

新雨过后山谷里空旷清新，初秋傍晚的天气特别凉爽。

明月映照着幽静的松林，清澈的泉水在山石上淙淙流淌。

竹林里传来喧闹声，知是少女洗衣归来，莲叶轻摇，原来是上游荡下了轻舟。

任凭春天的芳菲凋零，眼前的秋景足以让我流连久居。

069

背景小调查

　　开元末年，唐玄宗李隆基罢免了张九龄的宰相之位，任用口蜜腹剑的李林甫为相。李林甫上台后，加紧清理张九龄所引荐或重用的一批人，王维就在此列。王维本来怀有高远的政治抱负和入世的热情，结果反遭排挤，于是心灰意冷，就在终南山找了一处风景绝佳之地，建造了一个叫作"辋川别业"的庄园，过上了隐居的生活，正如他所形容的那样，"中岁颇好道，晚家南山陲"。政治上的失落让他冷却了入世的热心，仕途的崚嶒让他坚定了出世寻求安慰的决心，于是他流连山水，放任情怀，与明月清泉相伴，王孙与浣女同舟，不也是很美好的岁月吗？

诗意解读 考点

❶ 这首诗为山水名篇，描绘了秋雨初晴后傍晚时分山村的旖旎风光和山居村民的淳朴风尚。

❷ 全诗将空山雨后的秋凉，松间明月的光照，石上清泉的声音以及浣女归来竹林中的喧笑声，渔船穿过荷花的动态，和谐完美地融合在一起，给人一种丰富新鲜的感受。

❸ 全诗像一幅清新秀丽的山水画，又像一支恬静优美的抒情乐曲，体现了王维诗中有画、画中有诗的创作特点。

❹ 虽然春光已逝，但秋景更佳。诗人喜归自然，寄情山水，厌恶宦海之情溢于言表。

071

鸟鸣涧 ❶

唐·王维

人闲❷桂花❸落，夜静春山❹空❺。
月出❻惊❼山鸟，时鸣❽春涧中。

字词直通车　考点

❶ 鸟鸣涧：鸟儿在山涧中鸣叫。

❷ 人闲：指没有人事活动相扰。

❸ 桂花：春桂，也有人叫它山桂花。

❹ 春山：春日的山，亦指春日山中。

❺ 空：空寂、空荡。这里形容山中寂静无声，好像空无所有。

❻ 月出：月亮升起。

❼ 惊：惊动，扰乱。

❽ 时鸣：偶尔（时而）啼叫。时，时而、偶尔。

诗情画"译"

寂静的山谷中，只有春桂花在无声地飘落，宁静的夜色中春山一片空寂。

月亮升起，月光照向大地，惊动了山中栖鸟，它们在春天的溪涧里不时地鸣叫。

背景小调查

开元初年，王维进士及第，名动长安。岐王李范非常赏识，多次邀请王维参加岐王宅里的宴饮和雅集。有一次，岐王大摆宴席，还喝高了，非得让皇家乐团安排黄狮子舞。绿狮子舞、蓝狮子舞都行，为什么偏要黄狮子舞？这可是犯忌讳的事。在岐王的坚持下，王维的上司不得已只好点头同意，王维也随之点头。

谁知第二天就祸从天降，玄宗震怒，痛斥昨晚在岐王府中"黄狮子舞"一事，王维当场受到申斥，贬出京城，到2000里以外的济州，任司仓

参军，就是个管军粮仓库的管理员。离任之后，王维四方游历，到访越中若耶溪，写下此诗。

073

诗意解读 🚩考点

好闲呀。

① 此诗描绘山间春夜中幽静而美丽的景色，主旨在静，却以动衬静，展现出诗人的禅心与禅趣。

② 前两句以声写景，运用通感的手法，巧妙将"花落"与"人闲"结合起来。"春山"之"空"是极佳的留白，反照出诗人作为禅者的心境。

③ 后两句以动写静，一"惊"一"鸣"，看似打破了夜的静谧，实则用声音的描述衬托山里的幽静与闲适。月亮从云层中钻了出来，静静的月光流泻下来，几只鸟儿从睡梦中醒了过来，不时地呢喃几声，和着春天山涧小溪细细的水流声，更是将这座寂静山林的整体意境烘托在读者眼前。

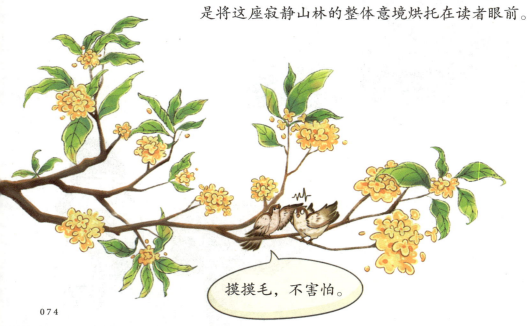

摸摸毛，不害怕。

王维的红豆诗

王维多才多艺，诗画双绝，他的诗如画卷，美不胜收，为我们描绘出一幅幅或浪漫或空灵或淡远的画境。如此清新淡雅的王维，也曾写出一首令人铭心刻骨的《相思》：

相思

唐·王维

红豆生南国，春来发几枝。

愿君多采撷，此物最相思。

全诗洋溢着少年浓烈的青春气息，满腹情思，未曾直接表白，句句话却不离红豆，在超然物外中把相思之情表达得入木三分。这首充满浓郁情感的诗，蕴含着深情告白，千年来一直被当作爱情诗，其实这首诗是王维写给他的好友李龟年的。李龟年是唐玄宗初年著名的歌者，时常被邀请到达官贵人府中歌唱。王维和李龟年在岐王府中相遇，二人成了志趣相投的朋友。因安史之乱分离后，王维思念好友李龟年，写下这首诗赠予友人。红豆是最能引起人们思念之情的物品，也是王维对李龟年最深切的情感寄托。

第一关 我会填

1. 《登鹳雀楼》作者 _____。

2. 《凉州词》又名 _____。

3. "开轩面场圃，把酒话桑麻"出自孟浩然的 _____。

4. "诗佛"是 _____。

5. 农历九月九日是什么节日？ _____。

第二关 我会背

1. 黄河远上白云间，_____。

2. _____，更上一层楼。

3. 劝君更尽一杯酒，_____。

4. 洛阳亲友如相问，_____。

5. _____，不教胡马度阴山。

6. 明月松间照，_____。

第三关 我会解

1. 不觉晓：_____。 2. 故人庄：_____。 3. 客舍：_____。

4. 为异客：_____。 5. 飞将：_____。 6. 孤城：_____。

第关 我会连

《使至塞上》	羌笛何须怨杨柳	黄河入海流
《登鹳雀楼 》	白日依山尽	长河落日圆
《凉州词》	大漠孤烟直	春风不度玉门关

飞花令：月

1. 海上生明月，天涯共此时。 —— 唐·张九龄《望月怀古》
2. 江畔何人初见月？江月何年初照人？ —— 唐·张若虚《春江花月夜》
3. 露从今夜白，月是故乡明。 —— 唐·杜甫《月夜忆舍弟》
4. 长安一片月，万户捣衣声。 —— 唐·李白《子夜吴歌·秋歌》

牛刀小试答案

第一关：我会填

1. 王之涣
2. 《凉州歌》
3. 《过故人庄》
4. 王维
5. 重阳节

第二关：我会背

1. 一片孤城万仞山　　2. 欲穷千里目
3. 西出阳关无故人　　4. 一片冰心在玉壶
5. 但使龙城飞将在　　6. 清泉石上流

第三关：我会解

1. 不知不觉天就亮了
2. 老朋友的田庄
3. 旅店
4. 在他乡做客
5. 指汉朝名将李广
6. 边塞古城

第四关：我会连

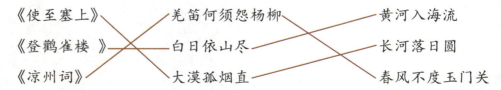

《使至塞上》　　　　羌笛何须怨杨柳　　　　黄河入海流

《登鹳雀楼》　　　　白日依山尽　　　　　　长河落日圆

《凉州词》　　　　　大漠孤烟直　　　　　　春风不度玉门关

李白

一生乘风破浪的
"谪仙人"

浪漫主义诗人，诗词成就极高

酒中
八仙
之一

恃才狂傲
放浪不羁

一代剑客

与诗圣杜甫
合称"李杜"

文学史上
第一位大词人
李白词是词体发展
不可或缺的一环

人物介绍

姓名：李白　字：太白　民族：汉族
生卒年份：（701—762）
出生地：中亚碎叶城（今吉尔吉斯斯坦托克马克城）

静夜思

唐·李白

床② 前明月光，疑③ 是地上霜。
举头④ 望明月，低头思故乡。

字词直通车

① 静夜思：静静的夜里，产生的思绪。
② 床：有不同几种释义，一指本义卧具，二指
马扎等坐具，三指井栏，四指窗，五指胡床。
③ 疑：好像。
④ 举头：抬头。

诗情画"译"

明亮的月光洒在窗户上，好像地上泛
起了一层白霜。

我抬起头来，看那窗外空中的明月，
不由得低头沉思，想起远方的家乡。

背景小调查

这首诗创作于开元十四年（726）九月十五日，当时26岁的李白旅居扬州，孤身一人，虽然正处于他人生和创作的巅峰期，但壮志难酬的沮丧和崎岖坎坷的经历，让他倍感疲惫和心酸。一连串的不幸遭际，诸如与友人不和、老父去世以及因言获罪的政治压力，让他生出短暂的心灰意冷的心境——没错，是短暂的，因为李白就是那种绝不会一蹶不振的人，他只会消沉一阵子，然后又热血沸腾起来。扬州的旅舍让他加倍思念家乡，尤其是那轮十五的圆月，又圆又亮地挂在天上，让他的思乡之情更加浓烈。

鸭梨山大

诗意解读 考点

❶ 诗的前两句，写诗人月圆之夜，客居他乡，望着窗外的月色产生的一种错觉。"疑是地上霜"中的"疑"字，生动地表达了诗人睡梦初醒，迷离恍惚中把月光疑为白霜。而"霜"字用得更妙，既形容了月光的皎洁，又表达了季节的寒冷，还烘托出诗人漂泊他乡的孤寂凄凉之情。

❷ 诗的后两句，则是通过对诗人自身动作神态的刻画，深化思乡之情。"望"字照应了前句的"疑"字，表明诗人已从迷蒙转为清醒，他翘首凝望着月亮，不禁想起，此刻他的故乡也正处在这轮明月的照耀下。"低头"这一动作描画出诗人完全处于沉思之中。

❸ 这首小诗，用语平实，却意味深长。

古朗月行（节选）

唐·李白

小时不识月，呼作❶白玉盘❷。
又疑❸瑶台❹镜，飞在青云端。

字词直通车

❶ 呼作：称为。

❷ 白玉盘：指晶莹剔透的白盘子。

❸ 疑：怀疑。

❹ 瑶台：传说中神仙居住的地方。

诗情画"译"

小时候不认识月亮，把它称为白玉盘。
又怀疑是瑶台仙镜，飞在夜空青云之上。

背景小调查

《古朗月行》原文共 16 句，这里节选了前四句。此诗是在安史之乱前所作。天宝末年，晚年的唐玄宗对朝政已经没有兴趣了，他宠幸杨贵妃，任由安禄山和杨国忠之类的奸臣把国家搞得乌烟瘴气。诗人看到当时昏暗的危险的大唐王朝，愤慨之下写下有名的《古朗月行》。针对当时的黑暗现实，诗人却不明说，通过通篇的隐语，化现实为幻景，以朗月隐喻已经回不去的开元盛世，并暗示了对天宝后期混乱局面的不满，说得十分深婉曲折。诗中新颖的想象加上富有诗意的描写，营造出清新、奇妙的意境，隐含对大唐前途的深切忧虑和担心，体现出李白诗歌雄奇奔放、清新俊逸的风格。

诗意解读  考点

❶ 这是一首乐府诗。"朗月行"，是乐府古题，在《乐府诗集》中列于《杂曲歌辞》。乐府是古代音乐机构，乐府的人把收集的民歌、乐曲或文人创作的作品编成册，形成了"乐府诗"。

❷ 诗中以"白玉盘""瑶台镜"作比喻，生动地表现出月亮的形状和月光的皎洁可爱，使人感到非常新颖有趣。"呼""疑"这两个动词，传达出儿童的天真烂漫之态。

❸ 诗中通过对月的描写，寄寓了诗人对政治的慨叹。

❹ 诗人运用浪漫主义的创作方法，通过丰富的想象和对神话传说的加工，构成瑰丽神奇而含义深远的艺术形象。

唐诗 一读就懂一学就会

望庐山瀑布

唐·李白

日照香炉❶生紫烟❷，遥看瀑布挂前川❸。
飞流直下三千尺❹，疑❺是银河❻落九天❼。

考点

字词直通车

❶ 香炉：指香炉峰。

❷ 紫烟：指日光透过云雾，远望如紫色的烟云。

❸ 川：河流，这里指瀑布。

❹ 三千尺：形容山高。

❺ 疑：怀疑。

❻ 银河：古人指银河系构成的带状星群。

❼ 九天：天的最高处，形容极高。

诗情画"译"

香炉峰在阳光的照射下生起紫色的烟霞，从远处看去，瀑布好似白绢悬挂在山前。

高崖上飞腾直落的瀑布好像有几千尺，让人怀疑是银河从天上泻落到人间。

背景小调查

此诗一般认为是开元十三年（725）前后李白出游金陵经过庐山时所作，当时的李白来江西看望做生意的哥哥，初次攀登了庐山，见到雄浑的瀑布，李白被其奇异、壮丽的景象震撼，于是写下《望庐山瀑布》。

自古有话说"庐山之美在山南，山南之美数秀峰"，而秀峰之美在于瀑布。香炉峰上紫烟缭绕，瀑布气势磅礴，因其壮美的景象，被历代文人所爱，从司马迁到陶渊明、昭明太子……再到李白。李白"一生好入名山游"，他游历过许多名山大川，对祖国的壮丽山河十分热爱。从李白的旅行足迹来看，他一生最爱庐山无疑。李白在50岁左右时，曾和妻子一起在庐山隐居。

诗意解读

❶ 这首七言绝句，开头第一句写庐山瀑布的背景之奇，日光、香炉峰、紫烟，交织在一起，形成一幅奇幻多彩的图画。

❷ "挂"字用得妙，一个字化动为静，十分形象地写出远处流动着的瀑布及其位置之高。

❸ 第三句，"飞"字铿锵有力，把瀑布喷涌而出的景象描绘得极为生动；"直下"既写出山之高峻陡峭，又可以看出水流之急，那高空直落、势不可当之状如在眼前。

❹ 最后一句想落天外，惊人魂魄，既夸张又自然，既新奇而又真切，从而振起全篇，使得瀑布的整个形象变得更为丰富多彩、雄奇瑰丽。

赠汪伦 ❶

唐·李白

李白乘舟将欲行，忽闻岸上踏歌 ❷ 声。
桃花潭 ❸ 水深千尺，不及 ❹ 汪伦送我情。

字词直通车 `考点`

❶ 汪伦：李白的朋友。

❷ 踏歌：唐代民间流行的一种手拉手、两足踏地为节拍的歌舞
形式，可以边走边唱。

❸ 桃花潭：水潭名，在今安徽泾县。 ❹ 不及：不如。

诗情画"译"

我乘上小船刚要出发，忽听岸上传来悠扬的踏歌之声。

看那桃花潭水，纵然深有千尺，也不如汪伦送我的情谊
深啊！

背景小调查

这首诗是李白在泾县（在今安徽东南地区）游历
桃花潭时写给当地好友汪伦的一首留别诗。汪伦为当
时的知名人士，与李白交好。李白想乘舟而去，
心想，连一个送行的朋友都没有，
真是太失败了！正在沮丧
中，忽然听到岸上有人
唱歌，一边唱还一边
跳舞，甚是热烈欢

快。那人跳着舞着来到水边，直说："你小子要走也不告诉我一声，我还没跟你喝够酒呢！"李白揉眼一看，原来是汪伦这个老友。他感慨道："都说桃花潭的水有千尺深，可是哪里赶得上汪伦对我的情谊呢！"沮丧之情立刻一扫而光。

诗意解读 考点

❶ 诗的前两句描写的是送别的场面。遣词仿佛不假思索，顺口流出，"忽闻"二字表明，汪伦的到来，确实是不期而至的。人未到而声先闻，那热情爽朗的歌声，表现出李白和汪伦这两位朋友同是不拘俗礼、快乐自由的人。

❷ 后两句抒情，妙在"不及"二字，这里不用比喻而采用比物手法，形象性地表达了诗人与朋友真挚纯洁的深情，耐人寻味。

❸ 中国诗的传统主张含蓄蕴藉，而《赠汪伦》从诗人直呼自己的姓名开始，又以称呼对方的名字作结，反而显得真率、亲切而洒脱，富有人情味。

知识加油站

李白和汪伦的友情

李白的《赠汪伦》使得汪伦家喻户晓，成了名人。其实李白和汪伦并不是知己好友，也不是特别熟悉。汪伦是泾县的豪绅，喜欢结交名士，他非常仰慕李白。

看！这就是万家酒店！

李白晚年时在外漂泊游历，途经泾县，汪伦得知消息以后，立刻写了一封亲笔信，邀请李白来家中做客，信中说："先生好游乎？此地有十里桃花。先生好饮乎？此地有万家酒店。"李白读完信后，想到美不胜收的十里桃花、酒香扑鼻的万家酒楼，于是欣然赴约。

二人见面之后，李白发现，所谓的"万家酒店"其实是一个姓万的老板开的酒店，而"十里桃花"，指的是离城十里外的"桃花潭"。李白得知真

这就是十里桃花。

相后并没有生气，反而哈哈大笑，觉得汪伦这个人挺有趣。在汪伦的盛情相邀之下他多待了几天，二人游山玩水、喝酒聊天、吟诗作对，李白过得非常开心。临别时，汪伦赠送李白八匹宝马和十匹锦缎，在岸边踏着乐声和节奏跳了一段舞为李白送行。李白感动不已，写下这首《赠汪伦》，感谢汪伦的盛情款待。

李白

黄鹤楼 ❶ 送孟浩然之广陵 ❷

唐·李白

故人 ❸ 西辞 ❹ 黄鹤楼，烟花 ❺ 三月下 ❻ 扬州。
孤帆远影碧空尽 ❼，唯见 ❽ 长江天际流 ❾。

字词直通车　考点

❶ 黄鹤楼：中国著名的名胜古迹，故址在今湖北武汉市蛇山。
❷ 广陵：扬州。
❸ 故人：老朋友，这里指孟浩然。
❹ 辞：辞别。
❺ 烟花：春花如烟，指艳丽的春景。
❻ 下：顺流向下。
❼ 碧空尽：消失在碧蓝的天际。
❽ 唯见：只看见。
❾ 天际流：流向天边。

诗情画"译"

　　旧友在黄鹤楼与我告别，在繁华如烟似锦的三月去扬州远游。孤船帆影渐渐地消失在碧空尽头，只看见滚滚的长江向着天际奔流而去。

背景小调查

开元十五年（727），李白东游归来，至湖北安陆，年已 27 岁。他在安陆住了有 10 年之久，用他自己的话说就是"酒隐安陆，蹉跎十年"。在此期间，他结识了长他 12 岁的孟浩然。李白与孟浩然的交往，正当他年轻快意的时候，所以入眼而来皆是美景，所想皆是良愿。当他得知老朋友要去广陵，便托人带信，约孟浩然在江夏相会。几天后，孟浩然乘船东下，李白亲自送到江边。此时李白心里没有什么忧伤和不愉快，相反他认为孟浩然这趟旅行快乐得很，他向往扬州地区，又向往孟浩然，所以一边送别，一边心也就跟着飞翔，胸中有无穷的诗意随着江水荡漾。

> 江夏相会

诗意解读

> 考点

❶ 这首诗写的是一种诗意的离别。黄鹤楼本是传说中仙人飞升的地方，这和李白心目中这次孟浩然去广陵，又构成一种联想，铺垫了愉快的气氛。

❷ 第二句，"烟花三月"，不仅再现了那暮春时节、繁华之地的迷人景色，

> 真好，先生可以出去耍了。

而且也透露了时代气氛。此句意境优美，文字绮丽，清人蘅
塘退士孙洙誉为"千古丽句"。

③ 第三句写李白把朋友送上船，船已经扬帆而去，而他一直在
江边目送远去的风帆，帆影已经消逝了，他还在翘首凝望。

④ 最后一句描写了李白对朋友的一片深情，李白对扬州的向往，
正体现在这富有诗意的神驰目注之中。

知识加油站

《饮中八仙歌》

　　诗圣杜甫写过一首《饮中八仙歌》，描
写了当时著名的八位酒友：李白与贺知章、李适之、李琎、崔
宗之、苏晋、张旭、焦遂，被世人称为"酒中八仙"。在诗
中，他这样描述比他大 11 岁的李白，"……李白斗酒诗百篇，
长安市上酒家眠，天子呼来不上船，自称臣是酒中仙……"
杜甫并没有乱写一气，而是皆有所本。据《新唐书》载：李
白应诏至长安，唐玄宗在金銮殿召见他，并赐食，亲为调羹，
诏为供奉翰林。有一次，唐玄宗在沉香亭召他写配乐的诗，
而他却在长安酒肆喝得大醉。范传正《李白新墓碑》也曾记
载：玄宗泛舟白莲池，召李白来写文章，而
这时李白已在翰林院喝醉了，玄宗
就命高力士扶他上船来见。

早发白帝城 ❶

唐·李白

朝❷辞白帝彩云间❸，千里江陵❹一日还❺。
两岸猿声啼❻不住❼，轻舟已过万重山❽。

字词直通车

❶ 白帝城：故址在今重庆市奉节县白帝山上。

❷ 朝：早晨。

❸ 彩云间：形容白帝城地势高峻，耸入云间。

❹ 江陵：今湖北荆州市。

❺ 还：归，返回。

❻ 啼：鸣、叫。

❼ 住：停息。

❽ 万重山：层层叠叠的山。

诗情画"译"

清晨，我告别高入云霄的白帝城，江陵远在千里之外，船行只一日时间。

两岸猿声还在耳边不停地回荡，不知不觉地，轻快的小舟已驶过万重青山。

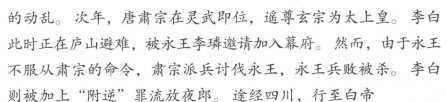

李白

背景小调查

　　天宝十四载（755），安史之
乱爆发，唐朝从此陷入长达八年
的动乱。次年，唐肃宗在灵武即位，遥尊玄宗为太上皇。李白
此时正在庐山避难，被永王李璘邀请加入幕府。然而，由于永王
不服从肃宗的命令，肃宗派兵讨伐永王，永王兵败被杀。李白
则被加上"附逆"罪流放夜郎。途经四川，行至白帝
城的时候，李白忽然收到被赦免的消息，他惊
喜交加，随即乘舟东下江陵，此诗即是李白回
到江陵时所作。此诗描写了从白帝城到江陵
的长江景色，表达了诗人对自由和生活的热
爱，以及对自然景观的赞美。

诗意解读　考点

❶ 首句为全篇顺流直下蓄势。"彩云间"既是地势高的证明，也
　预示出天气从晦暝转为光明，同时也显露出诗人兴奋的心情。

❷ 第二句写江陵路遥，舟行迅速。"千里"和"一日"，以空
　间之远与时间之短做悬殊对比。"还"字不仅表现出诗人
　　　　　"一日"行"千里"的痛快，也隐隐透
　　　　　露出遇赦的喜悦。

❸ 第三句轻舟快速行驶在长江上，耳听两
　岸的猿啼声，又看见两旁的山影，"啼不
　住"正是诗人以山影猿声烘托行舟飞进。

❹ 第四句写行舟轻如无物，把诗人遇赦后
　愉快的心情和江山的壮丽多姿、顺水行
　舟的流畅轻快融为一体，自然天成。

093

望天门山 ❶

唐·李白

天门中断 ❷ 楚江 ❸ 开，碧水东流至此回 ❹ 。
两岸青山 ❺ 相对出 ❻ ，孤帆一片日边来。

字词直通车 考点

❶ 天门山：山名，因两山隔江对峙，形同天设的门户，天门由此得名。

❷ 中断：江水从中间隔断两山。

❸ 楚江：长江的一段，因此地属古楚，故称楚江。

❹ 至此回：意为东流的江水在这里转向北流。

❺ 两岸青山：指博望山和梁山。

❻ 出：挺立。

诗情画"译"

长江犹如巨斧，劈开天门雄峰，碧绿江水滚滚东流到这里，又回旋向北流去。

两岸高耸的青山隔着长江相峙而立，一只小船从西边落日的地方悠悠驶来。

背景小调查

《望天门山》是开元十三年（725）春夏之交，李白初出巴蜀乘船赴江东经当涂（今属安徽）途中行至天门山有感而作。25岁的李白怀着济世安民的雄心壮志，第一次离开四川前去洞庭湖游览，接着又兴致勃勃乘舟顺江而东，他在诗中描写了舟行江中顺流而下远望天门山的情景。

《望天门山》这首诗充分展示了李白的想象力，赞美了大自然的神奇壮丽，表达了作者初出巴蜀时乐观豪迈的感情，展示了他自由洒脱、无拘无束的精神风貌。

诗意解读

❶ 这首诗写了碧水青山、白帆红日，用了六个动词"断、开、流、回、出、来"，展现出山水跃跃欲出的动态。

❷ 第一句紧扣题目，总写天门山，着重写出浩荡东流的楚江冲破天门山奔腾而去的壮阔气势。

❸ 第二句写天门山下的江水，由于两山夹峙，江水流至此激起回旋，形成波涛汹涌的奇观。

❹ 第三句写诗人舟行江上时天门山特有的姿态，蕴含了舟中人的新鲜喜悦之感。

❺ 第四句写江面的远景，点出"望"的立脚点，表现诗人的兴会淋漓的状态。

❻ 这首诗意境开阔、气魄豪迈，读后使人顿时觉得有心胸开阔之感。

夜宿[1] 山寺

唐·李白

危楼[2] 高百尺[3]，手可摘星辰。
不敢高声语[4]，恐[5] 惊[6] 天上人。

字词直通车 考点

1. 宿：住，过夜。
2. 危楼：高楼。此处指山顶的寺庙。
3. 百尺：虚指，形容楼很高。
4. 语：说话。
5. 恐：唯恐，害怕。
6. 惊：惊动。

诗情画"译"

　　山上的寺院好似有百丈之高，站在上边仿佛都能摘下星辰。

　　不敢高声说话，唯恐惊动了天上的仙人。

　　这首诗一般认为是李白的作品，在湖北省黄梅县所作，写的是黄梅县蔡山峰顶上的江心寺。诗人夜宿深山里面的寺庙，发现寺院后面有一座很高的藏经楼，于是便登了上去。凭栏远眺，星光闪烁，李白诗兴大发，写下了这首记游写景的短诗。全诗没有一个生僻字，从头到尾用"夸张"的手法，形象而又逼真地写出了山寺之奇高、星夜之奇妙。

考点

诗意解读

❶ 首句正面描绘寺楼的峻峭挺拔、高耸入云。一个"危"字，倍显突兀醒目，与"高"字在同句中的巧妙组合，把山寺屹立山巅、雄视寰宇的非凡气势淋漓尽致地描摹了出来。

❷ 次句以极其夸张的技法来烘托山寺之高耸云霄，以星夜的美丽引起人们对高耸入云的"危楼"的向往。

❸ 三、四两句，从诗人"不敢"与深"恐"的心理中，可以想象出山寺之高。

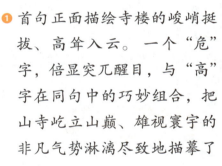

闻王昌龄① 左迁② 龙标③ 遥有此寄

唐·李白

杨花④ 落尽子规⑤ 啼，闻道龙标⑥ 过五溪⑦。
我寄愁心与⑧ 明月，随君直到夜郎⑨ 西。

字词直通车

① 王昌龄：唐代诗人。　② 左迁：贬谪，降职。
③ 龙标：古地名，在今湖南省怀化市一带。　④ 杨花：柳絮。
⑤ 子规：杜鹃鸟，相传其啼声哀婉凄切。
⑥ 龙标：指王昌龄，以官职称人。
⑦ 五溪：在今湖南省西部。　⑧ 与：给。
⑨ 夜郎：在今新晃侗族自治县境内，与黔阳邻近。

诗情画"译"

在柳絮落完、子规啼鸣之时，我听说您不幸被贬为龙标县尉，要经过五溪。

我把我忧愁的心思寄托给明月，希望能随着你一直到夜郎以西。

扬州

江宁

龙标

李白

背景小调查

　　此诗大概作于唐玄宗天宝十二载（753），当时王昌龄因为刚直不阿被人排挤，最后被朝廷贬官，从江宁丞被贬为龙标县尉，李白在扬州听到好友被贬后写下了这首诗。他安慰王昌龄："老王啊，不就是被贬了吗？有什么过不去的？被贬不是家常便饭吗？好像谁没被贬过似的！你放心去吧，我这颗忧愁之心会像天上的明月一样伴随你的，一直到那个叫作夜郎的偏远之地。"李白通过此诗表达了对王昌龄怀才不遇的惋惜与同情。不知道当时王昌龄做何反应，估计一定是涕泗横流了："哥们儿，你这颗愁心，我一定好好珍视！"

月亮代表我的心。

诗意解读 考点

❶ 首句写景，漂泊无定的柳絮、叫着"不如归去"的杜鹃，饱含着飘零之感、离别之恨，融情入景，同时点出了时令。

❷ 次句直叙其事，不着悲伤之语，而悲伤之意自见。

❸ 第三句通过丰富的想象，给予抽象的"愁心"以物的属性，本来无知无情的明月，竟变成了一个富于同情之心的知心人。

❹ 末句托付明月，让它把自己对朋友的怀念和同情带到辽远的夜郎之西，交给那不幸的迁谪者。

❺ 全诗将自己的感情赋予客观事物，使之人格化，用来表现深厚的情感。

行路难 ❶

唐·李白

金樽清酒 ❷ 斗十千 ❸，玉盘珍羞 ❹ 直 ❺ 万钱。

停杯投箸 ❻ 不能食 ❼，拔剑四顾心茫然 ❽。

欲渡黄河冰塞川，将登太行 ❾ 雪满山。

闲来垂钓碧溪上，忽复乘舟梦日边。

行路难，行路难，多歧路 ❿，今安在？

长风破浪会有时，直挂云帆济沧海。

字词直通车

❶ 行路难：乐府旧题。

❷ 清酒：清醇的美酒。

❸ 斗十千：形容酒美价高。

❹ 珍羞：珍贵的菜肴，"羞"通"馐"。

❺ 直：通"值"，价值。

❻ 投箸（zhù）：丢下筷子。箸，筷子。

❼ 不能食：咽不下。

❽ 茫然：无所适从。

❾ 太行：太行山。

❿ 歧路：一作"岐"，岔路。

诗情画"译"

金杯中的美酒一斗价十千，玉盘里的菜肴珍贵值万钱。

心中郁闷，我放下杯筷不愿进餐；拔出宝剑环顾四周，心里一片茫然。

想渡黄河，冰雪却冻封了河川；想登太行山，莽莽风雪早已封山。

像姜尚垂钓溪边，闲待东山再起；又像伊尹做梦，乘船经过日边。

人生道路多么艰难，多么艰难；歧路纷杂，如今又身在何处？

相信乘风破浪的时机总会到来，到时定要扬起征帆，横渡沧海！

背景小调查

李白少有大志，胸怀着"济苍生，安社稷"的理想，想辅佐帝王，成就伟业。他24岁"辞亲远游"直到42岁才奉诏供奉翰林。天宝元年（742），李白奉诏入京，担任翰林供奉。李白本是个积极入世的人，他才高志大，很想像管仲、张良、诸葛亮等杰出人物一样干一番大事业，可是入京后，却没被皇帝重用，还受到权臣的谗毁排挤，两年后被"赐金放还"，变相撵出了长安。《行路难》即作于被迫离开长安时，抒发了诗人的满怀愤慨，感叹人生道路上的艰难险阻。

安能摧眉折腰事权贵，使我不得开心颜！

诗意解读 考点

❶ 诗的前四句写朋友为李白饯行。停、投、拔、顾四个连续的动作，形象地展示了诗人内心的苦闷抑郁、感情的激荡变化。

❷ 诗人用"冰塞川""雪满山"象征人生道路上的艰难险阻，具有比兴的意味。

❸ 诗人在茫然之中，忽然想到两位开始在政治上并不顺利而最终大有作为的人物，他们又给诗人增强了信心。

❹ "行路难，行路难，多歧路，今安在？"倔强而又自信的李白，决不愿在离筵上表现自己的气馁。

雪大
请勿通行

❺ 最后两句，诗人那种积极用世的强烈要求，终于使他再次摆脱了歧路彷徨的苦闷，唱出了充满信心与展望的强音。

行路难，行路难，多歧路，今安在？

知识加油站

诗仙之死

天宝末期，安史之乱犹如一场瘟疫，肆虐席卷了李唐的江山。在这场动乱中，李白未能幸免于难。在急忙慌乱的情况下，李白被急于建功立业的想法冲昏了头脑，以至于站错了队，成了牺牲品。

关于李白的死因，有三种猜测：

第一种是醉死。

《旧唐书》是这样说的，"永王谋乱，兵败，白坐长流夜郎，后遇赦得还，竟以饮酒过度，醉死于宣城"。

第二种是病死。

李白因参与永王李璘的谋反，后被流放到了夜郎，路途劳累、水土不服、心中忧愤，又由于长期饮酒，身体机能变差，这些因素导致李白患病。在投奔叔父李阳冰不久之后病逝，自此结束了传奇的一生。

第三种是溺水而亡。

民间有这么一个传说，李白乘着月色，载酒泛于江上，看见水中月影摇荡，竟以为是天上的月亮，遂举杯狂歌，兴起俯身捞月，却一去未归，长逝于江水中。

崔颢

一直被模仿，
从未被超越

边塞诗人

文采惊艳

出身崔氏大族
文采惊艳

才思敏捷

秉性耿直

热衷功名

一生宦海沉浮
终不得志

人物介绍

姓名：崔颢　字：不详　民族：汉族
生卒年份：（约 704—754）
出生地：汴州（今河南开封）

黄鹤楼

唐·崔颢

昔人② 已乘黄鹤去，此地空余黄鹤楼。
黄鹤一去不复返，白云千载空悠悠③。
晴川④ 历历⑤ 汉阳⑥ 树，芳草萋萋⑦ 鹦鹉洲⑧。
日暮乡关何处是？烟波江上使人愁。

字词直通车 考点

① 黄鹤楼：在今湖北省武汉市武昌区。
② 昔人：指传说中的仙人王子安。
③ 悠悠：飘荡的样子。
④ 晴川：晴日里的原野。
⑤ 历历：清楚可数。
⑥ 汉阳：地名，与黄鹤楼隔江相望。
⑦ 萋萋：形容草木长得茂盛。
⑧ 鹦鹉洲：在武昌区西南。

诗情画"译"

　　昔日的仙人已经驾着黄鹤飞走了，只留下空荡荡的黄鹤楼。

　　黄鹤一去再也没有回来，千百年来只看见白云在天上飘飘荡荡。

　　阳光照耀下的汉阳树木清晰可见，更能看清芳草繁茂的鹦鹉洲。

　　暮色渐渐降临，哪里是我的家乡啊？江面上烟波渺渺让人更生烦愁。

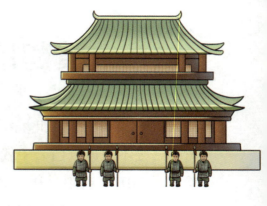

　　黄鹤楼建于三国时期，用作军事用途。后来东吴灭亡后，其失去了军事价值，渐渐成为游览胜地。

　　黄鹤楼得名，源自一个叫"橘皮画鹤"的传说。相传，有一女子在此开设酒店，一道士常来喝酒，却身无分文，给不了酒钱，没办法就用橘皮在墙上画了一只黄鹤抵偿酒债。这只鹤一听到酒客拍手，就能从墙上飞下来助兴。女子因此赚了不少钱。十年后，道士再来，取笛吹奏，黄鹤从墙上下来，载着他成仙去了。女子为纪念道人在此处建造了一座高楼，取名"黄鹤楼"，这就是黄鹤楼由来的民间传说。

　　崔颢当年登临古楼，眺望长江，即景生情，不想竟留下千古名篇，成为后世诗人无法逾越的高峰。

成仙喽！

小的有眼不识泰山！

诗意解读 考点

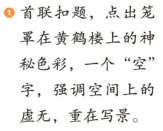

1. 首联扣题，点出笼罩在黄鹤楼上的神秘色彩，一个"空"字，强调空间上的虚无，重在写景。

2. 颔联中，把白云拟人化，表达了千载之下唯有悠悠白云与黄鹤楼朝夕相伴。又一个"空"字，强调时间上的久远，重在抒情。

3. 颈联实写眼前景物，汉阳树木、鹦鹉洲、萋萋芳草，历历在目，展示了一派生机，为下面的抒情做铺垫。

4. 尾联以"愁"字表达了诗人的情感，吊古怀乡，渲染了乡愁。

5. 全诗意境开阔，气魄宏大。诗人将黄鹤楼的传说与人生的感触写得如此空灵，又如此真实，不仅情景交融，而且时空切换自然，感情真挚、意境深远。

长干行 ❶ 四首

唐·崔颢

（其一）

君 ❷ 家何处住？妾 ❸ 住在横塘 ❹。
停舟暂 ❺ 借问 ❻，或恐 ❼ 是同乡。

（其二）

家临 ❽ 九江 ❾ 水，来去九江侧。
同是长干人，生小 ❿ 不相识。

字词直通车　🚩考点

❶ 长干行：乐府曲名，是长干里一带的民歌，长干里在今南京市南。
❷ 君：古代对男子的尊称。
❸ 妾：古代女子自称的谦辞。
❹ 横塘：在今南京市。　❺ 暂：暂且、姑且。
❻ 借问：请问一下。　❼ 或恐：也许。　❽ 临：靠近。
❾ 九江：此泛指长江。　❿ 生小：自小，从小时候起。

诗情画"译"

（其一）
请问大哥你的家在何方？我家住在建康的横塘。
停下船吧，暂且借问一声，听口音恐怕咱们是同乡。
（其二）
我的家临近长江边，来来往往都在长江附近。
你和我同是长干人，从小不相识真是很遗憾。

背景小调查

崔颢在长江边游历，这天到达建康，也就是今天的南京。波浪之中，撑船的女子跟他攀谈起来："大哥，你是哪人啊？"不等诗人回答，就快人快语先告诉诗人，"我是横塘的。"诗人暗笑，刚想说——我也是横塘的，谁知女子又抢先说："之所以冒昧问话，是因为我从口音就听出来咱俩是老乡！"诗人于是告诉女子："我家就住在长江边上，每天都在长江上来来往往。你是长干人，我也是长干人，我怎么从来就没见过你呢？咱俩真是相见恨晚啊！"女孩率真大胆地相问，男孩真诚地回答，一种自然纯朴的情感在他们的言语间流转。

我们都是长干人。

我是横塘的。

建康

秦淮河

横塘（堤坝名）

长干

诗意解读

❶ 这两首诗近乎白描，诗人捕捉住一个生活场景，寥寥几笔，就使一个让人无限遐想的故事跃然纸上，如人亲见。

❷ 第一首诗一开头就单刀直入，让女主角出口问人，现身纸上，而读者也闻其声如见其人，绝没有茫无头绪之感。从文学描写的技巧看，"声态并作"，达到了"应有尽有，应无尽无"、既凝练集中而又玲珑剔透的艺术高度。

好一个翩翩少年郎！

❸ 第二首诗前三句是男主角直线条的口吻。最后一句，"在小不相识"五字，表面惋惜当日之未能青梅竹马、两小无猜，实质更突出了今日之相逢恨晚。越是对过去无穷惋惜，越是显出此时此地萍水相逢的可珍可贵。

如此佳人，奈何不是青梅竹马！

❹ 全诗语言朴素自然，有如民歌，却拥有无尽的艺术感染力。

一直被模仿，从未被超越

崔颢的《黄鹤楼》，大气深沉，前有浮声，后有彻响，汪洋恣肆，奔流直下，登上了唐朝律诗的巅峰。以至于后来，李白登黄鹤楼，见崔颢题诗，竟然捶胸顿足，自愧不如，叹息"眼前有景道不得，崔颢题诗在上头"，心中郁闷，可想而知。离开黄鹤楼的李白，一直难以释怀，于是，写下了《登金陵凤凰台》：

登金陵凤凰台

唐·李白

凤凰台上凤凰游，凤去台空江自流。

吴宫花草埋幽径，晋代衣冠成古丘。

三山半落青天外，二水中分白鹭洲。

总为浮云能蔽日，长安不见使人愁。

诗仙太白，竟然也有仿写他人诗句的时候。此后的1000多年里，崔颢这首《黄鹤楼》的模仿者众多，还包括鲁迅，但从未被超越过。

高适

从草根到封侯，
人生无限可能

边塞诗人

草根出身

高适少年贫苦，甚至曾靠乞讨为生

封侯诗人

大器晚成

书剑双绝

自称"二十解书剑"
家传"高家枪"

人物介绍

姓名：高适　字：达夫，一字仲武　民族：汉族
生卒年份：（约700—765）
出生地：渤海蓨（tiáo）（今河北景县）

112

别董大 二首（其一）

唐·高适

千里黄云 ② 白日曛 ③，北风吹雁雪纷纷。
莫愁前路无知己，天下谁人 ④ 不识君 ⑤？

字词直通车

考点

❶ 董大：指董庭兰，当时有名的音乐家。他在兄弟中排行第一，故称"董大"。
❷ 黄云：天上的乌云。在阳光下，乌云是暗黄色的，所以叫"黄云"。
❸ 曛：昏暗。白日曛，即太阳黯淡无光。
❹ 谁人：哪个人。
❺ 君：你，这里指董大。

诗情画"译"

千里黄云遮天蔽日，天气阴沉，北风送走雁群又吹来纷扬大雪。

不要担心前路茫茫没有知己，天下还有谁不认识你呢？

113

背景小调查

董庭兰是唐朝非常有名的音乐家。唐玄宗天宝六载（747）的春天，吏部尚书房琯被贬出朝，其门下的琴师董庭兰也受到牵连不得不离开长安。当时高适40余岁，结束了游历生涯，在睢阳遇到董庭兰。当时正值隆冬，天上下着鹅毛大雪。董大被贬后，四处流浪。两人见面，认为遇到了知己。他们走进酒馆，小酌一杯，席间高适安慰董大，"莫愁前路无知己，天下谁人不识君"，让董大感动得稀里哗啦的，但高适的另外一句话，却让董大顿感被坑。高适说"丈夫贫贱应未足，今日相逢无酒钱"，意思是"我是穷惯了的，酒钱还是你付吧！"

酒钱结一下呗。

莫愁前路无知己，天下谁人不识君？

诗意解读 考点

❶ 诗的前两句描绘送别时候的自然景色。黄云蔽天，绵延千里，日色只剩下一点余光。夜幕降临以后，风雪交加。一群征雁往南方飞去。这些景物描写，处处显示着送别的情调，以及诗人的气质和心胸。

❷ 后两句是对董大的劝慰，不仅紧扣董大为著名琴师的特定身份，而且把人生知己无贫贱、天涯处处有朋友的意思融注其中，以此赠别，足以鼓舞人心。

我再为你弹一曲。

塞上 ❶ 听吹笛

唐·高适

雪净 ❷ 胡天 ❸ 牧马 ❹ 还，月明羌笛 ❺ 戍楼 ❻ 间。
借问梅花何处落 ❼，风吹一夜满关山 ❽。

字词直通车 `考点`

❶ 塞上：指凉州（今甘肃武威）一带边塞。
❷ 雪净：冰雪消融。
❸ 胡天：指西北边塞地区。
❹ 牧马：放马，西北部民族以放牧为生。
❺ 羌笛：羌族管乐器。
❻ 戍楼：边防驻军的瞭望楼。
❼ 梅花何处落：这里将曲调《梅花落》拆用，嵌入"何处"
两字，构思成一种虚景。
❽ 关山：关隘山岭。

诗情画"译"

西北边塞，冰雪消融，战士们牧马归来。入夜明月清朗，哨所里战士吹起悠扬的羌笛。

试问动人心弦的曲子《梅花落》飘向何处？它仿佛像梅花一样随风落满了关山。

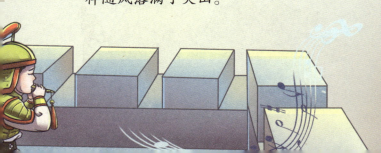

115

李延年

背景小调查

　　《梅花落》是一种乐府常用的曲调，相传为西汉李延年所作，是一种主要靠笛子演奏的乐曲，大都以傲雪凌霜的梅花为主题。到了唐朝的时候，笛曲《梅花落》在市井流传更广。其不仅以音乐形式流传，而且对文学也产生了很大的影响，出现了"落梅芳树，共体千篇"的盛况。宋元明清几代也一直流传。后来流行的琴曲《梅花三弄》也是根据《梅花落》改编。此诗高适不是仿作《梅花落》，而是把它嵌入诗中，来表达他对边塞生活的体验和感悟。

诗意解读 考点

❶ 诗人用明快、秀丽的基调，丰富奇妙的想象，实现了诗、画、音乐的完美结合，描绘了一幅优美动人的塞外春光图，使这首边塞诗有着几分田园诗的味道。

❷ 前两句写的是实景：胡天北地，冰雪消融，是牧马的时节了。傍晚战士赶着马群归来，天空洒下明月的清辉。"雪净"与"牧马"为全诗定下了一个开朗壮阔的基调。

❸ 后两句写的是虚景。在如此苍茫而又清澄的夜里，不知哪座戍楼吹起了羌笛，那是熟悉的《梅花落》曲调啊。如此虚景又恰与雪净月明的实景配搭和谐，虚实交错，构成美妙阔远的意境。

知识加油站

李白诗中的《梅花落》

除了高适把《梅花落》嵌入诗中来表达自己的情感外，李白也这么做过。他的《与史郎中钦听黄鹤楼上吹笛》一诗也巧妙地利用《梅花落》所蕴含的情感，来表达自己的感受：

与史郎中钦听黄鹤楼上吹笛

唐·李白

一为迁客去长沙，西望长安不见家。

黄鹤楼中吹玉笛，江城五月落梅花。

世事难料，我竟一下就成为贬官，远谪长沙。西望长安，云雾迷茫，何处才是我的家乡？黄鹤楼中传来阵阵《梅花落》的笛声，如怨如诉，仿佛五月江城落满梅花，令人倍感凄凉。

诗中"落梅花"指的就是乐曲《梅花落》，为了押韵，用倒装手法写成。前一句的"吹玉笛"也点明了《梅花落》是笛子曲。

牛刀小试

第一关 我会选

1. 下列哪首诗是崔颢写的？（ ）

A.《登鹳雀楼》　　B.《黄鹤楼送孟浩然之广陵》　C.《黄鹤楼》

2. "莫愁前路无知己，天下谁人不识君"出自哪首诗？（ ）

A.《赠汪伦》　　B.《别董大二首（其一）》　C.《送杜少府之任蜀州》

3. 汪伦是谁的朋友？（ ）

A. 高适　　　　B. 李白　　　C. 王勃

第二关 我会背

1. 黄鹤一去不复返，_____。

2. _____，遥看瀑布挂前川。

3. 千里黄云白日曛，_____。

4. 小时不识月，_____。

118

飞花令：云

1. 来如春梦几多时？ 去似朝**云**无觅处。

   —— 唐·白居易《花非花》

2. 行到水穷处，坐看**云**起时。

   —— 唐·王维《终南别业》

3. 片片行**云**着蝉鬓，纤纤初月上鸦黄。

   —— 唐·卢照邻《长安古意》

4. 晴空一鹤排**云**上，便引诗情到碧霄。

   —— 唐·刘禹锡《秋词》

第三关 我会解

1. 举头：_____。 2. 碧空尽：_____。 3. 天际流：_____。

4. 危楼：_____。 5. 萋萋：_____。 6. 雪净：_____。

第四关 我会连

《早发白帝城》　　　　长风破浪会有时　　　　风吹一夜满关山

《行路难》　　　　　　朝辞白帝彩云间　　　　千里江陵一日还

《塞上听吹笛》　　　　借问梅花何处落　　　　直挂云帆济沧海

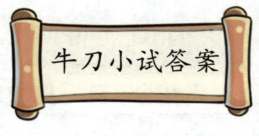

牛刀小试答案

第一关：我会选

1. C

2. B

3. B

第二关：我会背

1. 白云千载空悠悠

2. 日照香炉生紫烟

3. 北风吹雁雪纷纷

4. 呼作白玉盘

第三关：我会解

1. 抬头

2. 消失在碧蓝的天际

3. 流向天边

4. 高楼

5. 形容草木长得茂盛

6. 冰雪消融

第四关：我会连

《早发白帝城》　　　　长风破浪会有时　　　　风吹一夜满关山

《行路难》　　　　朝辞白帝彩云间　　　　千里江陵一日还

《塞上听吹笛》　　　　借问梅花何处落　　　　直挂云帆济沧海

杜甫

忧国又忧民，终成一代"诗圣"

诗圣

现实主义

伟大的现实主义诗人

"大李杜"

与李白合称"大李杜"
后面还有李杜组合，
称为"小李杜"

年少成名

寄人篱下

诗史

杜甫的诗歌反映了时代和人民的疾苦
被誉为"诗史"

人物介绍

姓名：杜甫　字：子美　民族：汉族
生卒年份：（712—770）
出生地：河南巩县（今河南巩义西南）

绝句

唐·杜甫

两个黄鹂鸣翠柳，一行白鹭上青天。
窗含西岭❶千秋雪，门泊❷东吴❸万里船❹。

字词直通车

考点

❶ 西岭：成都西面的岷山，山上有积雪常年不化。

❷ 泊：停泊。

❸ 东吴：古时候吴国的疆域，在江苏、浙江一带。

❹ 万里船：不远万里开来的船只。

诗情画"译"

两只黄鹂在翠绿的柳树间鸣叫，一行白鹭直冲向蔚蓝的天空。

坐在窗前可以看见岷山千年不化的积雪，门前停泊着自万里外的东吴远行而来的船只。

背景小调查

安史之乱爆发后，杜甫因战乱流离，辗转回到成都草堂，总算安顿下来。草堂虽然简陋，但春光旖旎，小溪潺潺，绿树成荫。杜甫自叹人生漂泊，何尝有心欣赏过美景？于是他背着手，踱过浣花溪，听到几声清脆的鸣啭之声从树上传来。他抬头一看，几只黄鹂站立枝头，一展歌喉；远处的水边，白鹭觅食已足，一飞冲天。多好啊！回到草堂，透过窗子可以望见西山的积雪，临江的门前停泊着远自东吴而来的舟船。生活宁静惬意如斯，夫复何求？可惜，杜甫的心里装的都是黎民的疾苦。眼前这些景致，也不过是匆匆一瞬而已。

总算有个家了！

诗意解读 考点

❶ 诗的前两句，着重渲染活泼的生机，初春时节万物复苏，"两"和"一"相对，一横一纵，描绘出一幅非常明媚的早春景致。"鸣"字传神，更使画面生动起来。

❷ 第三句俨然一幅春窗雪景图，一个"含"字，画面立刻鲜活起来。

❸ 末句写出诗人当时的复杂心情。一个"泊"字，大有深意。杜甫多年来漂泊不定，没有着落，虽然他心中始终还有那么一点希冀，但那种希冀，已经大大消减了。

❹ 全诗看起来是四幅独立的图景，但诗人用深厚的情感一以贯之，以清新轻快的景色寄托着内心复杂的情绪，构成一个统一的意境。

东吴

春夜喜雨

唐·杜甫

好雨知^①时节，当春乃^②发生。
随风潜^③入夜，润物细无声。
野径^④云俱黑，江船火独明。
晓^⑤看红湿处^⑥，花重^⑦锦官城^⑧。

字词直通车

① 知：明白，知道。 ② 乃：就。
③ 潜（qián）：暗暗地，悄悄地。 ④ 野径：田野间的小路。
⑤ 晓：早晨。 ⑥ 红湿处：雨水湿润的红色的花丛。
⑦ 花重：花沾上雨水而变得沉重。
⑧ 锦官城：成都的别称。

诗情画"译"

好雨好像知晓下雨的节气，正值春天悄悄地下起来了。

随着春风在夜里悄悄落下，无声地滋润着春天的万物。

雨夜中田间小路和天上的乌云一样黑茫茫一片，只有江边渔船上的灯火独自闪烁。

天亮时看雨润花娇，想必整个锦官城都是一样。

背景小调查

蜀锦有两千年的历史，是一种具有汉民族特色和地方风格的多彩织锦，与南京的云锦、苏州的宋锦、广西的壮锦一起，并称为中国的四大名锦。成都因为蜀锦而闻名宇内，又因三国蜀汉时期设置锦官，专门负责管理蜀锦的生产，而被称为锦官城。杜甫作此诗时，是上元二年（761）春，杜甫已在成都草堂定居两年。他亲自耕作，种菜养花，与农民交往，对春雨之情很深，因而写下了这首描写春夜降雨、润泽万物的美景诗作。

四大名锦之一

诗意解读 考点

❶ 开篇一个"好"字赞美"雨"。"知"字用得传神，简直把雨给写活了。

❷ 颔联进一步表现雨的"好"，其中"潜""润""细"三字生动地写出了雨"好"的特点。

❸ 颈联从视觉角度描写雨夜景色。野径、江水都是黑沉沉的，唯有船火独亮，更加衬托出云厚雨足，而且给人以对比强烈的美感。

❹ 尾联是想象中的雨后情景，呼应标题中的"喜"字，写出想象中雨后锦官城的迷人景象。

绝句二首（其一）

唐·杜甫

迟日 ❶ 江山丽，春风花草香。

泥融 ❷ 飞燕子，沙暖睡鸳鸯 ❸。

字词直通车

❶ 迟日：春天日渐长，所以说迟日。

❷ 泥融：这里指泥土融化，又软又湿。

❸ 鸳鸯：一种水鸟，雄鸟与雌鸟常双双出没。

诗情画"译"

　　沐浴在春光下的江山格外秀丽，春风送来花草的芳香。

　　泥土随着春天的来临而融化，变得松软，燕子衔泥筑巢，暖和的沙子上睡着成双成对的鸳鸯。

背景小调查

　　安史之乱爆发后，杜甫辗转回到成都，居于浣花溪畔草堂。他与严武交往甚密，严武成为节度使后，推荐杜甫为检校工部员外郎并赐绯鱼袋，杜工部由此得名。他终于在草堂过上了平静的生活，远离战火，接近自然。面对大自然一派生机勃勃的景象，他情不自禁，写下这首即景小诗。

诗意解读 考点

❶ 这首诗是典型的"以诗为画"，极富诗情画意。

❷ 第一句，就从大处着墨，描绘出在初春灿烂阳光的照耀下，浣花溪一带明净绚丽的春景，用笔简洁而色彩浓艳。

❸ 第二句诗人进一步以和煦的春风、初放的百花、如茵的芳草、浓郁的芳香来展现明媚的大好春光。

❹ 第三句对燕子的生动的描写，使画面充满了动态美。

❺ 第四句勾勒静态景物，呼应首句，使得一切都显得那么悠然自适。

江畔 ① 独步 ② 寻花七首
（其五）

唐·杜甫

黄师塔 ③ 前江水东，春光懒困倚微风。
桃花一簇 ④ 开无主 ⑤，可爱深红爱浅红？

字词直通车

① 江畔：指成都锦江之滨。

② 独步：独自散步。

③ 塔：墓地。

④ 一簇：一丛。

⑤ 无主：没有主人。

诗情画"译"

　　黄师塔前江水向东流去，温暖的春天使人困倦，只想倚着春风小憩。

　　一丛丛盛开的桃花好像没人经管，你喜欢深红色还是浅红色的桃花？

背景小调查

　　草堂的生活让杜甫有机会亲近大自然，这引发了他的诗兴。春暖花开时节，他溜达到成都锦江边上散步，观水赏花，写下了组诗《江畔独步寻花七首》，这首是其中第五首。杜甫或许是漂泊太久了，或许是官运实在不亨通，或许是太关心民间疾苦，或许是怨恨朝政太腐败……总之当一幅江畔桃花即景图展现在他面前的时候，他惊呆了——自己的心忘记这些自然的馈赠已经好久了，真正能抚慰杜甫那颗沧桑忧患的心灵的，恐怕也只有这些幽美的景致了。

诗意解读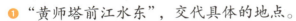

考点

❶ "黄师塔前江水东"，交代具体的地点。

❷ "春光懒困倚微风"则写自己的倦态，春暖人易懒倦，所以倚风小憩。但这为的是更好地看花，看那"桃花一簇开无主，可爱深红爱浅红"。

❸ 最后一句叠用爱字，爱深红，爱浅红，爱这爱那，应接不暇，使全篇看起来绚烂绮丽，如锦似绣。

129

唐诗
一读就懂一学就会

杜甫江畔又寻花

　　《江畔独步寻花七首》是杜甫的组诗作品，春暖花开，浣花溪畔花红柳绿的美景引得杜甫诗兴大发，一口气写下七首赏花诗。诗人独自寻花，每到一处，写一处，勾勒出一幅幅繁花似锦春景图。诗人漫步到黄四娘家，门前小径上开满了花，花团锦簇，长满花朵的枝条被压得低垂下来，不时有蝴蝶飞来落在花瓣上，围绕着花枝翩翩起舞，流连忘返，黄莺的叫声婉转动听，安然自在。

江畔独步寻花七首（其六）

唐·杜甫

黄四娘家花满蹊，千朵万朵压枝低。

留连戏蝶时时舞，自在娇莺恰恰啼。

　　这首写景小诗别具情趣，将镜头拉近，聚焦在黄四娘家，这里的花最多，蝴蝶和黄莺也来歌舞一番，写出了春天的生机。通俗的语言、生动的场景、静中有动的表达，诗意盎然。句中"千朵万朵"呼应"满"字，读起来抑扬顿挫，如同民歌。

望岳

唐·杜甫

岱宗❶夫如何？齐鲁青未了。

造化❷钟❸神秀，阴阳割昏晓。

荡胸❹生层云，决眦❺入归鸟。

会当❻凌❼绝顶，一览众山小。

字词直通车

❶ 岱宗：泰山亦名岱山或岱岳。

❷ 造化：创造与化育。

❸ 钟：聚集。　❹ 荡胸：涤荡心胸。

❺ 眦：眼眶。　❻ 会当：终当，定要。

❼ 凌：登上。

诗情画"译"

五岳之首的泰山怎么样？在齐鲁大地上，那苍翠的美好山色没有尽头。

大自然把神奇秀丽的景象全都汇聚其中，山南山北阴阳分界，晨昏迥然不同。

升腾的层层云气，涤荡人的心胸；极力睁大眼睛远望，只见归鸟隐入了山林。

定要登上那最高峰，俯瞰在泰山面前显得渺小的群山。

背景小调查

杜审言

杜甫

杜甫一生虽然穷困，可论起出身，却是响当当的名门望族，他出身京兆杜氏，他的祖父杜审言擅长作五言诗，有才能，有名声，年轻时即与李峤、崔融、苏味道合称为"文章四友"。杜甫出身不错，官运却很差。他少年时就跟他爷爷似的颇有诗名，可偏偏科举屡屡不中，简直是"科举克星"！没办法，考不中他只好去流浪，游历齐、赵（今河南、河北、山东等地），到处都留下了老杜凄苦的身影。有一天，他溜达到齐鲁大地，打算登泰山，于是写下了这首诗。

诗意解读

考点

阴面　阳面

❶ 首句"夫"字虽无实在意义，却少它不得，可谓匠心独具。"齐鲁青未了"是从远处的视角入手，烘托出泰山之高。

❷ "造化钟神秀，阴阳割昏晓"两句描写泰山近景，一个"钟"字，把神奇和秀美都归于泰山。

❸ "荡胸生层云，决眦入归鸟"两句写细望之下所见之景，"决眦"二字尤为传神，生动地体现出诗人为了看个够，使劲地睁大眼睛张望。

❹ 末两句写诗人并不满足于看岳，抒发了诗人不怕困难、敢于攀登、俯视一切的雄心和气概。

❺ 全诗以"望"字统摄全篇，句句写望岳，但通篇无一"望"字，却给人以身临其境之感，可见诗人的谋篇布局和艺术构思是何等精妙奇绝！

春望

唐·杜甫

国破^❶山河在，城^❷春草木深^❸。
感时^❹花溅泪^❺，恨别鸟惊心。
烽火^❻连三月，家书抵^❼万金。
白头搔更短，浑^❽欲不胜^❾簪^❿。

字词直通车

❶ 国破：指国都长安陷落。 ❷ 城：长安城。
❸ 草木深：指人烟稀少。 ❹ 感时：为国家的时局而感伤。
❺ 溅泪：流泪。 ❻ 烽火：这里指安史之乱的战火。
❼ 抵：值，相当。 ❽ 浑：简直。
❾ 胜：经受，承受。 ❿ 簪（zān）：一种束发的首饰。

诗情画"译"

国都沦陷只有山河依旧，春天的长安城里杂草丛生。

感伤国事看到花开不禁泪下，家人分离听到鸟鸣竟觉心惊。

战火已经持续很长时间了，一封家书抵得上万两黄金。

愁绪缠绕搔头思考，白发稀疏，简直不能插上簪子了。

背景小调查

天宝十四载（755）十一月，范阳节度使安禄山起兵叛唐。次年六月，叛军攻陷潼关，唐玄宗匆忙逃往四川。七月，太子李亨于灵武继位，是为唐肃宗，改元至德。杜甫闻讯，为天下苍生计，只身一人投奔肃宗。孰料行至途中，竟被叛军俘获，解送回长安。叛军审来审去，发现杜甫并不是什么大官，不过是个官职卑微的小吏，索性便把杜甫放了。杜甫被这么一抓

一放，一出长安一返长安，目睹了长安城在战乱中陷入一片萧条，当年开元盛世时的境况不复存在，老百姓遭受战火，流离失所，苦不堪言。杜甫百感交集，写下了这首传诵千古的名作。

诗意解读 考点

❶ 首联写春望所见，一个"破"字触目惊心，继而一个"深"字，满目疮痍，为全诗奠定了荒凉凄惨的气氛。

❷ 颔联写杜甫痛感国破家亡的苦恨，眼前景象越美好，越反映出诗人内心的伤痛。

❸ 颈联反映出广大人民反对战争、期望和平安乐的美好愿望，很自然地使人产生共鸣。

头发都快掉光了。

❹ 尾联由国破家亡、战乱分离写到自己的衰老，让读者更深刻地体会到诗人伤时忧国、思念家人的真切形象。

❺ 全诗情景交融、感情深沉，充分体现了老杜"沉郁顿挫"的艺术风格。

茅屋为秋风所破歌

唐·杜甫

八月秋高❶风怒号，卷我屋上三重茅。

茅飞渡江洒江郊，高者挂罥❷长林梢，下者飘转沉塘坳❸。

南村群童欺我老无力，忍能对面为盗贼。

公然抱茅入竹去，唇焦口燥呼不得，归来倚杖自叹息。

俄顷❹风定云墨色，秋天漠漠向昏黑。

布衾❺多年冷似铁，娇儿恶卧❻踏里裂。

床头屋漏无干处，雨脚如麻未断绝。

自经丧乱少睡眠，长夜沾湿何由彻？

安得❼广厦❽千万间，大庇天下寒士俱欢颜，

风雨不动安如山！

呜呼！何时眼前突兀❾见此屋，吾庐❿独破受冻死亦足！

字词直通车 考点

❶ 秋高：秋深。 ❷ 挂罥（juàn）：挂着，挂住。

❸ 塘坳（ào）：池塘。 ❹ 俄顷（qǐng）：不久，一会儿。

❺ 布衾（qīn）：布做的被子。 ❻ 恶卧：睡相不好。

❼ 安得：如何能得到。 ❽ 广厦（shà）：宽敞的房屋。

❾ 突兀（wù）：高耸的样子。 ❿ 庐：茅屋。

诗情画"译"

八月秋风狂叫，卷我屋顶茅草。

茅草飞渡过江，缠上高高树

梢，飘落低洼水坳。

南村一群顽童，欺我年老无力，狠心当面做贼。

抱茅跑进竹林，我说啥都难禁，回家倚杖叹息。

突然风定云黑，阴沉天空如墨。

布被冷如铁板，孩儿把被蹬裂。

房屋漏雨难安，常常一宿不止。

乱后睡眠很少，屋漏床湿怎眠？

哪有广厦千间，大庇寒士开颜，风雨不动如山！

唉，何时此事成真，我甘愿独受寒！

背景小调查

　　这首诗作于上元二年（761）八月。此前，杜甫求亲告友，在成都浣花溪边盖起了一座茅屋，总算有了一个栖身之所。可是，安稳日子还没过几天，上元二年的八月，一场大风吹破了杜甫的茅屋，大雨又接踵而至。外面风雨交加，老杜贫困交加，有屋而不能避风雨，突然感到自己真是可怜，可是他又转念一想，此时此刻，逢此战乱，无法避风躲雨的人又何止我老杜一人呢！要是有间大屋子，能把所有漂泊在风雨中的人士都庇护起来，那我老杜受的这点苦又算得了什么呢！老杜之高风亮节，着实让读者叹服！自己都快活不下去了，心里却还在忧国忧民！

唐诗
一读就懂 一学就会
不用背

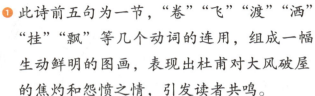

诗意解读 考点

① 此诗前五句为一节，"卷""飞""渡""洒""挂""飘"等几个动词的连用，组成一幅生动鲜明的图画，表现出杜甫对大风破屋的焦灼和怨愤之情，引发读者共鸣。

② 接下来五句为第二节，杜甫通过叹息自己的苦，委婉地表达出战乱给世人带来的痛苦。

③ 接下来的八句为第三节，写屋破又遭连夜雨的苦况。杜甫由个人的艰苦处境联想到其他人的类似处境。这一过渡，水到渠成，非常自然。

让我受冻来换取老百姓能安居乐业吧。

④ 剩下几句为最后一节。抒发了杜甫忧国忧民的高尚情感，表现了杜甫推己及人、舍己为人的高尚品格，以及他的博大胸襟和崇高理想。

闻官军收河南河北

唐·杜甫

剑外 ^❶ 忽传收蓟北 ^❷，初闻涕泪满衣裳。

却看妻子愁何在，漫卷 ^❸ 诗书喜欲狂 ^❹。

白日放歌 ^❺ 须纵酒，青春 ^❻ 作伴好还乡。

即从巴峡穿巫峡 ^❼，便下襄阳向洛阳。

字词直通车

❶ 剑外：剑门关以南，这里指四川。

❷ 蓟北：隋唐时期北方重镇，在今北京西南，泛指幽州、蓟州一带。

❸ 漫卷（juǎn）：胡乱地卷起。

❹ 喜欲狂：高兴发狂。 ❺ 放歌：放声高歌。

❻ 青春：指明丽的春天。 ❼ 巴峡、巫峡：长江三峡中的两个。

诗情画"译"

在四川忽然听到收复蓟北的消息，激动得泪满衣裳。

妻子和孩子还发什么愁呢！随手卷起诗书欣喜若狂。

日光照耀着，我想要纵酒高歌，趁着明媚春光与妻儿一同返回家乡。

我的心魂早已高飞，就从巴峡穿过巫峡，到了襄阳后又直奔洛阳。

 号外 失地已收复

背景小调查

此诗作于唐代宗广德元年（763）春。当时史朝义自杀，安史之乱结束。长达八年的战乱结束，官军胜利，大唐又恢复了安定，杜甫替天下苍生一贺，终于可以停止杀戮和流离了，终于可以回归家园跟亲人团聚了。杜甫发自内心地狂喜，所以写下这首号称"生平第一快诗"的佳作。可以想象，避居四川的杜甫听到这个消息，简直大喜若狂，穷困生活所带来的沮丧和落寞一扫而空，心里就想一件事，赶紧回故乡吧！他不是为自己高兴，而是为天下苍生高兴，他的心里从来没有自己，有的只是天下苍生！

诗意解读

❶ 首联起势迅猛，恰切地表现了捷报的突然。"初闻"紧承"忽传"，表现出感情的波涛起伏，喜极而悲，悲喜交集。

❷ 颔联落脚于"喜欲狂"，这是惊喜的更高峰。"却看""漫卷"是两个连续性的动作，表现出多年笼罩着全家的愁云一扫而光，诗人和妻儿一同享受狂喜的心情。

❸ 颈联细致刻画诗人的狂喜。既要"放歌"，还须"纵酒"，春天已经来临，在鸟语花香中与妻子儿女们"作伴"，正好"还乡"。

❹ 尾联是诗人的联想，身在梓州（今四川三台县），顷刻间就已回到家乡。对仗工整，一气贯注，文势、音调迅如闪电，准确地表现了诗人想象的飞驰。

回家喽！

知识加油站 考点

杜甫的忧国忧民

安史之乱历时8年，这段时期的唐朝风雨飘摇，人民生活在水深火热之中。杜甫有着"仁以为己任"的社会责任感和忧患意识，积极投身报国。他目睹了安史之乱带来的灾难，深有触动，将沿途所见写成了《新安吏》《石壕吏》《潼关吏》《新婚别》《无家别》《垂老别》，合称"三吏""三别"，被称为"诗史"。杜甫忧国忧民，奈何运气较差，经历了被俘虏、官场被排挤诬告，他对朝堂完全失望了，被迫拖家带口，寄人篱下，带着妻儿一路颠沛流离，来到了成都。杜甫在西南漂泊时期，因为时局动荡，生活非常窘迫，有时连一顿饱饭都吃不上。但他时刻盼望着朝廷平乱成功，老百姓能安定下来。于是在《茅屋为秋风所破歌》中写出"安得广厦千万间，大庇天下寒士俱欢颜"。当听到收复失地

的好消息时，欣喜若狂，"涕泪满衣裳"。后来，杜甫在湖北、湖南漂泊了两三年，到770年冬，饥寒病痛交加的他，在长沙到岳阳的一条破船上写下绝笔诗"战血流依旧，军声动至今"，也是这位伟大的爱国诗人对国家和人民最后的留恋。杜甫的一生，正如他诗中所写的那样："名岂文章著，官应老病休。飘飘何所似，天地一沙鸥。"

岑参

深入边塞的不朽诗人

边塞诗人

早慧少年
祖上显赫

隐居
达人

"好奇"的
诗人

客死
他乡

人物介绍

姓名：岑参　字：不详　民族：汉族

生卒年份：（约 715—770）

出生地：荆州江陵（在今湖北荆州）

白雪歌送武判官❶归京

唐·岑参

北风卷地白草折，胡天八月即飞雪。

忽如一夜春风来，千树万树梨花开。

散入珠帘❷湿罗幕，狐裘❸不暖锦衾❹薄。

将军角弓❺不得控，都护❻铁衣冷难着。

瀚海❼阑干❽百丈冰，愁云惨淡万里凝。

中军置酒饮归客，胡琴琵琶与羌笛。

纷纷暮雪下辕门，风掣❾红旗冻不翻。

轮台❿东门送君去，去时雪满天山路。

山回路转不见君，雪上空留马行处。

字词直通车

❶ 判官：官职名，唐时节度使等朝廷派出的持节大使，可招募幕僚协助判处公事，称判官。

❷ 珠帘：用珠子串成的挂帘。

❸ 狐裘（qiú）：狐皮袍子。

❹ 锦衾：锦缎做的被子。

❺ 角弓：两端用兽角装饰的硬弓。

❻ 都（dū）护：镇守边镇的长官。

❼ 瀚（hàn）海：沙漠。

❽ 阑干：纵横交错的样子。

❾ 掣：拉，扯。

❿ 轮台：在今新疆维吾尔自治区米泉境内。

诗情画"译"

北风席卷大地吹折了白草，塞北的天空八月就飘降大雪。

仿佛一夜之间春风吹来，树上缀满了晶莹的雪花，犹如梨花争相开放。

雪花飞进珠帘沾湿了罗幕，狐裘不保暖，盖上锦被也嫌单薄。

将军战士们冷得拉不开弓，铠甲冻得难以穿上。

无边沙漠结着厚厚的冰，万里长空凝聚着惨淡的愁云。

主帅帐中摆酒为归客饯行，胡琴琵琶羌笛合奏来助兴。

傍晚辕门前大雪落个不停，红旗冻僵了风也无法吹动。

轮台东门外欢送你回京去，你去时大雪盖满了天山路。

山路曲折已不见你的身影，雪地上只留下一行马蹄印迹。

背景小调查

　　岑参一生曾两度到边塞去，这首诗写于他第二次出塞的时候。此次出塞，他于天宝十三载（754）夏秋之交到北庭，至德二载（757）春夏之交东归。这首诗大概作于天宝十四载（755），地点在轮台。当时的唐朝，西北边疆不稳定，朝廷不得不派兵征讨。岑参立志报国，出任安西北庭节度使封常清的幕僚——判官一职，有机会能够亲身体验鞍马风尘的征战生活与冰天雪地的塞外风光。诗里那位武判官正是岑参的前任，交接完工作后，岑参送他东归，写下了这首脍炙人口的边塞名篇。

诗意解读

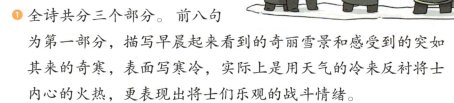

1 全诗共分三个部分。前八句为第一部分，描写早晨起来看到的奇丽雪景和感受到的突如其来的奇寒，表面写寒冷，实际上是用天气的冷来反衬将士内心的火热，更表现出将士们乐观的战斗情绪。

2 中间四句为第二部分，描绘白天雪景的雄伟壮阔和饯别宴会的盛况，笔墨不多，却表现了送别的热烈与隆重。

3 最后六句为第三部分，写傍晚送别友人踏上归途。

4 全诗不断变换着雪景画面，化景为情，慷慨悲壮，浑然雄劲，抒发了诗人对友人的依依惜别之情和因友人返京而产生的惆怅之情。

逢入京使^①

唐·岑参

故园^②东望路漫漫^③，双袖龙钟^④泪不干。
马上相逢无纸笔，凭^⑤君传语^⑥报平安。

字词直通车

① 入京使：进京的使者。

② 故园：指长安和诗人在长安的家。

③ 漫漫：形容路途十分遥远。

④ 龙钟：流泪的样子。

⑤ 凭：托，烦，请。

⑥ 传语：捎口信。

诗情画"译"

向东遥望长安家园路途遥远，思乡之泪沾湿双袖难擦干。

在马上匆匆相逢，没有纸笔写书信，只有托你捎个口信，给家人报平安。

背景小调查

作这首诗的时候，诗人 30 余岁，经历了此前潦倒不如意的人生，能够到边塞去做官，也算是人生的补偿了。这一年是天宝八载（749），岑参被委任为安西节度使高仙芝的幕府掌书记，第一次远赴万里之外的西域。他告别了在长安的妻子和家人，跃马踏上漫漫征途，西出阳关，奔赴安西。在通往西域的大路上，原以为认识的人肯定越来越少，甚至没有了，谁想到竟能碰到一位进京述职的老友呢！诗人喜出望外，跟老友互叙寒温，然后想到匆匆一会儿便要分别，各自上路，内心不免有些伤感。

诗意解读 考点

唉，没有纸和笔呀！

❶ 首联写西行途中碰到入京使以后，诗人久久不语，只是默默凝视着东方，一下子把思乡的主题揭示出来，再现了一个普通人想家想到极点的情态，非常自然。

❷ 后两句写遇到入京使者时欲捎书回家报平安又苦于没有纸笔的情形，写得十分传神。尤其是最后一句，简净之中寄寓着诗人的一片深情，非常有韵味。

知识加油站

岑参笔下的塞外奇景

杜甫曾在《渼陂行》中说："岑参兄弟皆好奇。"意思是岑参特别爱好新奇的事物。岑参的边塞诗除了风格雄浑壮丽外，想象力丰富而神奇，充满了奇情异彩。

景物描写中的奇丽，如《白雪歌送武判官归京》中"忽如一夜春风来，千树万树梨花开"将雾凇的奇观比拟春天梨花开，可谓"妙手回春"。

选材上的奇丽，岑参两度出塞，边塞的风光有沙漠、火山、草原，自然环境奇寒、严酷，这些异于中原生活的奇异风光，在岑参的笔下，加以奇特的想象和夸张描写，就形成了一

幅奇观。如《火山云歌送别》中"火山突兀赤亭口，火山五月火云厚。火云满山凝未开，飞鸟千里不敢来"，一口气连用了四个火，将火云的气势拉到极致，让人读着读着都要流汗了。

立意的奇丽，岑参的边塞诗写战争、离别往往是以奇异的景物为背景，来衬托战士的英勇和离情。

写法上，他特别爱用夸张的修辞，如"轮台九月风夜吼，一川碎石大如斗，随风满地石乱走"，风能把巨大的石头吹得满地滚动，这风得有多大啊！他的边塞诗以极尽渲染边关环境之恶劣，来衬托边关战士们不畏艰难险阻、忠心报国的爱国精神。

好奇的岑参，奇怪的题材，再加上夸张奇特的修辞，才能给人们带来一首首新奇的诗歌。

韦应物

"浪子回头金不换"的励志诗人

望族出身

出身京兆韦氏
世称"韦苏州""韦左司""韦江州"

前半生荒唐后半生励志

"王孟韦柳"

少年豪横

早年是典型的纨绔子弟
豪纵不羁

安史之乱爆发后
丢失官职
开始发愤读书
考中进士

青年发愤

人物介绍

姓名：韦应物　字：义博　民族：汉族
生卒年份：（约737—791）
出生地：京兆杜陵（在今陕西西安）

滁州^① 西涧^②

唐·韦应物

独怜^③ 幽草^④ 涧边生，上有黄鹂深树^⑤ 鸣。

春潮^⑥ 带雨晚来急，野渡^⑦ 无人舟自横^⑧。

字词直通车

① 滁（chú）州：今安徽滁州。

② 西涧：在滁州城西，俗称上马河。

③ 独怜：唯独喜欢。　④ 幽草：幽谷里的小草。

⑤ 深树：枝叶茂密的树。　⑥ 春潮：春天的潮汐。

⑦ 野渡：郊野的渡口。　⑧ 自横：指随意漂浮。

诗情画"译"

　　我唯独喜爱涧边幽谷里生长的野草，还有那树丛深处婉转啼鸣的黄鹂。

　　傍晚时分春潮上涨，春雨淅沥，西涧水势顿见湍急，荒野渡口无人，只有一只小船悠闲地横在水面。

150

背景小调查

　　京兆韦氏的出身给了少年韦应物豪横的资本，加上他年纪轻轻就成为唐玄宗的近侍，更使他目空一切，胡为横行，从未把读书做人放在心上。直到那场改变大唐国运的安史之乱爆发。唐玄宗仓促逃亡四川，韦应物流落失职，一下子从云端跌到尘埃里。幸好，他没有破罐子破摔，而是在妻子的鼓励下一改前非，开始发愤读书，从一个富贵无赖子弟变为一个忠厚仁爱的儒者，从此开始了诗歌创作。唐德宗建中三年（782）韦应物任滁州刺史。他时常在滁州郊外游览，一天他游览了西涧，见到清幽的景色，回来诗兴大发，写下了这首脍炙人口的千古名篇。

诗意解读

考点

❶ 首二句写春景，清丽的色彩与动听的鸟鸣交织在一起，幽草、深树，非常契合诗人自甘寂寞的心境；"独怜"二字表露了作者的闲适恬淡；"上"字，表面上是描写客观景物，实际上是为了突出诗人随缘自适、怡然自得的开朗和豁达。

❷ 后两句写荒津野渡的景色。"带"字把本不相属的两种事物紧紧连在了一起，好像雨是随着潮水而来；"急"字写出了潮和雨的动态。

❸ 最后一句中的"自"字，体现出诗人的悠闲和自得。

简卢陟

唐·韦应物

可怜白雪曲❸，未遇知音人。

恓惶❹戎旅❺下，蹉跎淮海滨。

涧树含朝雨，山鸟哢❻馀❼春。

我有一瓢酒，可以慰风尘。

字词直通车 考点

❶ 简：书信，此处意为写信给某人。

❷ 卢陟（zhì）：人名，韦应物的外甥。

❸ 白雪曲：古琴曲名，指高雅的音乐。

❹ 恓惶（xīhuáng）：忙碌不安的样子。 ❺ 戎旅：军旅，兵事。

❻ 哢（lòng）：鸟鸣，鸟叫。 ❼ 馀（yú）：剩余。

诗情画"译"

可惜这高雅的《白雪》古曲，没有遇到欣赏它的知音。

我因为军事而忙碌不安，失意流落在淮海之滨。

山涧的树上沾满清晨的雨露，山鸟在暮春中悲啼不停。

我只有这一瓢酒，希望可以用来慰藉奔波的生活。

背景小调查

写这首诗的时候，安史之乱已经结束，但社会仍然不安定，节度使动不动造反。大历元年（766），同华节度使周智光反叛国

家，不仅杀了陕州监军张志斌，还屡杀朝廷安抚使者，甚至威胁要攻入长安："此去长安百八十里，智光夜眠不敢舒足，恐踏破长安城；至于挟天子以令诸侯，惟周智光能之。"唐代宗忍无可忍，密诏命郭子仪伐周智光。好不容易消灭周智光，

后蜀乱又起。身为朝廷官员的韦应物心忧国家社稷，在写给外甥卢陟的这首诗中，有对外甥怀才不遇的宽慰，还表达了他对国家时事的忧心，奈何被贬滁州，身不由己，暂时不能大展拳脚。

153

诗意解读 考点

1. 开头"可怜白雪曲，未遇知音人"，抚奏高雅之曲，遗憾的是遇不到懂琴、懂情的知己，自古文人皆清高冷傲，误落尘网，总会感慨身似浮萍、世无知己。

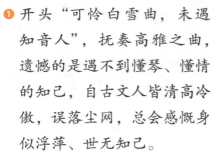

2. 诗人又用"恓惶""蹉跎"这样的字眼，联想起自己的身世，出身名门，却不幸卷入安史之乱，漂泊在淮海之滨，至今一事无成，蹉跎岁月。

3. 接着画面转向山涧，树木沾满清晨的雨露，残余的一点春色中仍闻得山鸟鸣叫。诗人见此番情景，虽人生不得意，却能从自然山水中获得一些宽慰。

4. 最后两句"我有一瓢酒，可以慰风尘"，悄然表达了诗人忧国忧民的内心情怀，焦虑却又无奈。纵览全诗，画面交错，意境优美，环环相扣，层次分明，思路清晰，情怀深邃，可称为感怀诗中的绝妙佳作。

知识加油站

与韦应物一样的"听钟未眠客"

韦应物，后世称他为"韦苏州"，是因为他在苏州为官三年，最终死在了苏州任上。大约同时期也有一位诗人寓居苏州，那就是张继——一位凭一首诗爆红1000多年的诗人，终生壮志未酬，如流星般划过历史的天空，将他的故事藏在了避难苏州的枫桥之夜里。

枫桥夜泊

唐·张继

月落乌啼霜满天，江枫渔火对愁眠。

姑苏城外寒山寺，夜半钟声到客船。

张继是不幸的，但又是幸运的，多少人想名垂青史而不得，而他却因为姑苏城外一个晚上失眠的感悟，在群星闪耀的大唐文坛占据了一席之地。

第一关　我会填

1. 下列哪首诗是岑参写的？（　　）

A.《白雪歌送武判官归京》　　B.《闻官军收河南河北》　　C.《望岳》

2. "会当凌绝顶，一览众山小"出自哪位诗人？（　　）

A. 岑参　　　B. 韦应物　　　C. 杜甫

3. "忽如一夜春风来，千树万树梨花开"描写的是哪一事物？（　　）

A. 梨花　B. 雪花　C. 梅花

第二关　我会背

1. 感时花溅泪，＿＿＿＿＿＿＿＿。

2. ＿＿＿＿＿＿＿＿，青春作伴好还乡。

3. 晓看红湿处，＿＿＿＿＿＿＿＿。

4. 中军置酒饮归客，＿＿＿＿＿＿＿＿。

5. 我有一瓢酒，＿＿＿＿＿＿＿＿。

第三关　我会解

1. 迟日：＿＿＿＿＿＿。　2. 锦官城：＿＿＿＿＿＿＿＿。　3. 独步：＿＿＿＿＿＿。

4. 阑干：＿＿＿＿＿＿＿＿。　5. 独怜：＿＿＿＿＿＿＿＿。

第四关 我会连

《春夜喜雨》	烽火连三月	雪上空留马行处
《春望》	随风潜入夜	家书抵万金
《白雪歌送武判官归京》	山回路转不见君	润物细无声

飞花令：雪

1. 白雪却嫌春色晚，故穿庭树作飞花。 ——唐·韩愈《春雪》
2. 草枯鹰眼疾，雪尽马蹄轻。 ——唐·王维《观猎》
3. 地白风色寒，雪花大如手。 ——唐·李白《嘲王历阳不肯饮酒》
4. 雪中何以赠君别，惟有青青松树枝。 ——唐·岑参《天山雪歌送萧治归京》

牛刀小试答案

第一关：我会选
1. A
2. C
3. B

第二关：我会背
1. 恨别鸟惊心
2. 白日放歌须纵酒
3. 花重锦官城
4. 胡琴琵琶与羌笛
5. 可以慰风尘

第三关：我会解
1. 春日
2. 成都的别称
3. 独自散步
4. 纵横交错的样子
5. 唯独喜欢

第四关：我会连

《春夜喜雨》　　　　　烽火连三月　　　　雪上空留马行处

《春望》　　　　　　　随风潜入夜　　　　家书抵万金

《白雪歌送武判官归京》——山回路转不见君　　润物细无声

卢纶

社交达人的
蜕变之旅

"大历十才子" 之一

社交达人

考试克星

他交游广泛
是一个活跃的社交家
借此步入仕途

少年孤贫
中年坎坷
老年病弱

人物介绍

姓名：卢纶　字：允言　民族：汉族
生卒年份：（约748—约799）
出生地：河中蒲州（今山西永济市蒲州镇）

159

塞下曲^①六首
（其三）

唐·卢纶

月黑^②雁飞高，单于^③夜遁^④逃。

欲将^⑤轻骑^⑥逐^⑦，大雪满^⑧弓刀。

字词直通车 考点

① 塞下曲：古时边塞的一种军歌。② 月黑：没有月光。

③ 单于（chányú）：匈奴的首领。④ 遁：逃走。

⑤ 将：率领。⑥ 轻骑：轻装快速的骑兵。

⑦ 逐：追赶。⑧ 满：沾满。

诗情画"译"

　　寂静之夜，乌云遮月，天边大雁惊飞，单于的军队想要趁着夜色悄悄潜逃。

　　正想要带领轻骑兵一路追赶，大雪纷纷扬扬落满了身上佩戴的弓刀。

背景小调查

拥有着唐代"大历十才子"冠冕的卢纶，诗名远播，却屡试不第，人生与仕途都极不顺利，但他广泛的交游使他成为一个活跃的社交家，并最终借此步入仕途。在宰相元载和王缙的推荐下，他出仕为官，但一场动乱让唐朝支离破碎。安史之乱结束后，唐朝陷入宦官专权和朋党之争的泥潭，元载因罪被赐死，王缙被贬，卢纶也因此受到了牵连，导致他心灰意冷，跟随好友浑瑊走向了边疆。不料，他却开辟了一个全新的天地，创作了一系列充满盛唐气象的边塞诗作，其中最有名的就是《塞下曲》。永泰元年（765）九月，数十万吐蕃军进犯奉天

（今陕西乾县），身为奉天守军主帅的浑瑊制订了夜袭计划。他趁敌人不备，在一个月黑风高的夜晚，亲自率领一支敢死队闯入敌营。他身先士卒，跃马杀敌，斩下敌人头颅数百。而毫不知情的吐蕃人见此情况只得惊慌逃窜，溃不成军。浑瑊生擒敌军将领一人，杀敌一千余人，跃马而回。卢纶听闻此事，大为振奋，挥毫写下这首诗以记之。

诗意解读

❶ 首句并非眼中之景，而是诗人想象中的景象，烘托出了战前的紧张气氛。

❷ 第二句充满了对敌人的蔑视和我军的必胜信念，令读者为之振奋。

❸ 第三句显示出了一种高度的自信，暗示出追击敌兵的胜利结果。

❹ 最后一句描写严寒的景象，突出表达了战斗的艰苦和将士们奋勇战斗的精神。

❺ 诗句虽然没有直接写激烈的战斗场面，但留给了读者广阔的想象空间，意蕴悠长。

小样，你是不是想逃？

你们太英勇了，我哪敢逃？

和张仆射[1] 塞下曲六首
（其二）

唐·卢纶

林暗草惊风[2]，将军夜引弓[3]。
平明[4]寻白羽[5]，没[6]在石棱[7]中。

字词直通车

考点

1 仆射（yè）：仆是"主管"的意思。仆射为官职名，唐代时为尚书省长官。
2 惊风：突然被风吹动。
3 引弓：拉弓，开弓。
4 平明：天刚亮的时候。
5 白羽：这里指箭。
6 没：陷入、钻进的意思。
7 石棱：石头的棱角。

诗情画"译"

昏暗的树林中，草突然被风吹动，将军在夜色中连忙开弓射箭。

天明寻找昨晚射的白羽箭，箭头深深插入巨大的石块中。

背景小调查

这首边塞小诗，取材于《史记》里李广将军的典故。李广是汉武帝时期非常有名的抗击匈奴的将领，据说他在草原上打猎，看见茫茫草海中一块石头，误以为是一只斑斓猛虎，引弓猛射，把箭镞都射到了石头里头，等到了跟前一看，原来是一块石头。足见李广将军的膂力和精准的箭法，以及他尚武和勇武的精神气概。诗人当时在浑瑊帐下当元帅府判官，浑瑊是唐驸胡将浑释之的儿子，文武双全，臂力惊人，善骑射，堪比西汉飞将军李广。

李广

诗人有感而发，借李广的典故，描写了唐代边关将领的威武和勇猛。

浑瑊

臂力惊人

诗意解读 考点

❶ 首句的一个"惊"字，立刻渲染出一片紧张异常的气氛，也暗示将军是何等警惕，为下文做好了铺垫。

❷ 第二句不言"射"而言"引"，表现了将军临险不惧，是何等镇定自若，既具气势，又形象鲜明。

❸ 第三句一个"寻"字，把时间推迟到翌日清晨，将军搜寻猎物，发现中箭者并非猛虎，而是蹲石，让人自然联想汉代的李广将军。

❹ 最后一句一个"没"字，入石三分。神话般的夸张，为诗歌形象涂上一层浪漫色彩，读来特别尽情够味，只觉其妙，不以为非。

知识加油站

《塞下曲》

　　《塞下曲》出自汉乐府《出塞》《入塞》，属横吹曲辞，演奏乐器主要是鼓、角、箫与笳，间或羌笛。但因汉代边塞诗并未得到发展，《出塞》《入塞》的曲目在此时诞生，却没有歌辞流传下来。到了唐代，乐府诗开始流行，边塞诗的发展达到了顶峰。

郭茂倩

北宋文学家郭茂倩编撰了《乐府诗集》，他把上古至唐、五代的乐府诗搜集在一起，形成诗歌总集。

全书共分为 12 大类，现存 100 卷。有郊庙歌辞、燕射歌辞、鼓吹曲辞、横吹曲辞、相和歌辞、清商曲辞、舞曲歌辞、琴曲歌辞、杂曲歌辞、近代曲辞、杂歌谣辞、新乐府辞。

唐代的《塞下曲》是以边塞风光和边塞战争为题材的新乐府辞。唐朝边疆战争频发，统治者重视武力，疆土也得到扩展。唐朝廷鼓励文人以军功报国，许多文人都曾有过出塞经历，以此求取功名，如唐代诗人高适、李白、王昌龄、岑参、卢纶、李益等人都有过从军边塞的经历。因此，这些诗人创作了大量的《塞下曲》。比较有名的如李白的《塞下曲六首（其一）》中"愿将腰下剑，直为斩楼兰"，以雄浑壮美的意境反映盛唐精神风貌，歌颂将士们忠心报国的英勇气概。王昌龄《塞下曲四首（其一）》中"不学游侠儿，矜夸紫骝好"，反映了王昌龄的反战思想。卢纶的《塞下曲六首（其三）》："月黑雁飞高，单于夜遁逃。欲将轻骑逐，大雪满弓刀。"这首诗被称为五言边塞诗的"压卷之作"。

孟郊

大唐寒士的
苦吟人生

韩愈一见为"忘形交"
诗酒唱和

"诗囚"

"郊寒岛瘦"

五十少进士

诗作多寒苦之音，感伤自身遭遇
用字造句力避平庸浅率
追求瘦硬

人物介绍

姓名：孟郊　字：东野　民族：汉族
生卒年份：（751—814）
出生地：湖州武康（今浙江德清）

167

游子[1]吟[2]

唐·孟郊

慈母手中线，游子身上衣。
临[3]行密密缝，意恐[4]迟迟归。
谁言[5]寸草心[6]，报得[7]三春晖[8]？

字词直通车

❶ 游子：古代称远游旅居的人为游子。

❷ 吟：诗体名称。 ❸ 临：将要。 ❹ 意恐：担心。

❺ 谁言：一作"难将"。 言：说。

❻ 寸草心：语义双关，既指草木的茎干，也指子女的心意。

❼ 报得：报答。 ❽ 三春晖：春天灿烂的阳光，指慈母之恩。

诗情画"译"

慈祥的母亲手里拿着针线，为即将远游的孩子赶制新衣。

临行前一针针密密地缝缀，担心儿子要很久才能回来。

谁说像小草那样微弱的孝心，能报答得了像春晖般普泽万物的慈母恩情呢？

背景小调查

孟郊正应了当时流行的一句话，"三十老明经，五十少进士"，多次考试不中，到了46岁时才考中进士。不过考中进士并不代表着仕途通畅，事实证明，孟郊的仕途跟他的考运一样，崎岖坎坷，50多岁的时候才混上一个小小的县尉，他不得不辞别母亲去溧阳上任。溧阳县尉仅仅是一个九品芝麻官，这样的落差让孟郊感到心灰意冷，上任后无心公务，也没什么政绩。但孟郊为人孝顺，他想到母亲年事已高，孤独一人在故里没有人照顾，于是派人去把老母裴氏接到

母亲，我一定会来接您。

好好工作。

任上奉养。母亲快到达时，他很是开心，又联想到辞别母亲时的情景，写下了这首感人至深的千古名篇。

诗意解读 考点

❶ 开头两句用"线"与"衣"两件极常见的东西将"慈母"与"游子"紧紧联系在一起，写出母子之间骨肉相连的深厚感情。

❷ 第三、四句，"密密""迟迟"叠字的运用，细致刻画了慈母为游子赶制出门衣服的细节，彰显了伟大的母爱。前面四句采用白描手法，不做任何修饰，但慈母的形象真切感人。

母亲，您缝得真密实。

针线密了才保暖。

❸ 最后两句诗人运用比兴手法，直抒胸臆，对母爱做尽情地讴歌，抒发出赤子对慈母发自肺腑的爱。

❹ 全诗共六句30字，采用白描的手法，通过回忆一个看似平常的临行前缝衣的场景，凸显并歌颂了母爱的伟大与无私，表达了诗人对母爱的感激以及对母亲深深的爱与尊敬之情。

登科^①后

唐·孟郊

昔日龌龊^②不足夸^③，今朝放荡^④思无涯^⑤。
春风得意^⑥马蹄疾^⑦，一日看尽长安花。

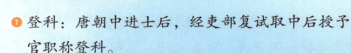

字词直通车

① 登科：唐朝中进士后，经吏部复试取中后授予官职称登科。

② 龌龊（wòchuò）：原义是肮脏，这里指不如意的处境。

③ 不足夸：不值得提起。

④ 放荡（dàng）：自由自在，不受约束。

⑤ 思无涯：兴致高涨。

⑥ 得意：指考取功名，称心如意。

⑦ 疾：飞快。

诗情画"译"

以往不如意的处境再也不值得一提，今日及第令人神采飞扬，兴致高涨。

迎着浩荡春风得意地纵马奔驰，好像一天就可以看完长安似锦的繁华。

背景小调查

　　孟郊自小家境贫寒，学习刻苦，期望通过科举能让家人过得好一些，母亲也很支持他读书。孟郊从十几岁就开始参加科举考试，可没想到他是逢考必挂的体质，连考两次都失败。唐贞元十二年（796），已经46岁的孟郊又奉母命第三次赴京科考，这次他终于如愿以偿，进士及第。因为之前的多次失败，这次的金榜题名简直使孟郊欣喜若狂。他自以为从此可以别开生面、龙腾虎跃。于是他按捺不住得意欣喜之情，立即作了此首诗表达心情。诗的字里行间，充满了欢乐和自豪感。

诗意解读　考点

❶ 诗的开篇直抒胸臆，叙述以往在生活上的困顿与思想上的局促不安再不值得一提，此时金榜题名，终于扬眉吐气，真是说不尽的畅快。

❷ 诗的后两句活灵活现地描绘出诗人神采飞扬的得意之态，酣畅淋漓地抒发了他心花怒放的得意之情。这两句的神妙之处，在于情与景会，意到笔到，将诗人策马奔驰于春花烂漫的长安城的得意情景，描绘得生动鲜明。这两句诗成为人们喜爱的千古名句，并派生出"春风得意""走马观花"两个成语。

知识加油站

孟郊的好友——张籍

元和九年（814），孟郊病故。下葬时要写墓志铭，可怜的孟郊却无谥号，多亏诗人张籍提议用"贞曜先生"这个名号，才使孟郊死后有名。这位

好想家……

张籍既是孟郊的好友，也是当时一位非常重要的诗人。张籍，字文昌，元和诗坛代表诗人，中唐时期的现实主义诗人，擅长写乐府诗。因张籍曾任水部员外郎，所以人称"张水部"。他的代表作是《秋思》。

秋思

唐 · 张籍

洛阳城里见秋风，欲作家书意万重。

复恐匆匆说不尽，行人临发又开封。

这是一首乡愁诗。写的是人人意中常有之事，却非人人所能道出。作客他乡，见秋风而思故里，便托人捎信。临走时怕遗漏了什么，又连忙打开看了几遍。事本寻常，而一经入诗，特别是一经张籍这样的高手入诗，便臻妙境。

韩愈

耿直犀利的
一代文豪

唐宋八大家

屡试不第

三次参加科举考试均失败
第四次终于登进士第

苦孩子

性格耿直

屡遭贬谪

官运不佳
仕途坎坷

昌黎
先生

"文起八代之衰"

以文为诗

人物介绍

姓名：韩愈　字：退之　民族：汉族
生卒年份：（768—824）
出生地：河南河阳（今河南孟州市）

早春呈 ^❶ 水部张十八员外 ^❷ 二首
（其一）

唐·韩愈

天街 ^❸ 小雨润如酥 ^❹ ，草色遥看近却无。

最是 ^❺ 一年春好处 ^❻ ，绝胜 ^❼ 烟柳满皇都 ^❽ 。

字词直通车

❶ 呈：恭敬地送给。

❷ 水部张十八员外：指唐代诗人张籍（约766—约830）。

❸ 天街：旧时指京城街道。

❹ 酥：牛羊乳制成的酥油，这里比喻润滑。 ❺ 最是：正是。

❻ 处：时。 ❼ 绝胜：远远胜过。 ❽ 皇都：帝都，这里指长安。

诗情画"译"

　　京城的街道上细密的春雨润滑如酥，远望草色依稀连成一片，近看时却只能看到一点绿色。

　　一年之中最美的就是这早春的景色，远胜过绿柳满城的春末。

唐诗 一读就懂 学就会

这首诗是写给当时任水部员外郎的诗人张籍的。张籍在兄弟辈中排行十八，故称"张十八"。

公元823年，也就是唐穆宗长庆三年，韩愈刚从镇州（今河北正定）平定了一场叛乱归来，唐穆宗很是高兴，把他从兵部调任到了吏部，已经50余岁的韩愈出任吏部侍郎。吏部的工作不像兵部那样需要到处跑，韩愈有了空闲时间，在这万物复苏的早春时节，他心情大好，想邀约好友张籍一起游春，但是张籍因为有事又年老不能赴约，韩愈便作了这首诗寄赠给张籍，又以同样的题目写了《早春呈水部张十八员外二首（其二）》，让张籍不要再推托，春色如此之美，虽已花甲之年也应该保持着追逐盎然之春的心。

诗意解读 考点

❶ 首句写初春小雨，以一个"酥"字来形容春雨的细滑润泽，既形象又优美。

❷ 第二句写草沾雨后的景色。以远看似青、近看却无，描画出了初春小草沾雨后的朦胧景象。

观察入微

❸ 三、四两句对初春景色大加赞美，一个"最"，一个"绝"，把初春雨景的绝妙画境有力地衬托出来。

❹ 诗人通过锐利深细的观察力和高超的诗笔，把早春的自然美提炼升华成了艺术美。

176

山石（节选）

唐·韩愈

山石荦确[2]行径微[3]，黄昏到寺蝙蝠[4]飞。
升堂[5]坐阶[6]新雨[7]足，芭蕉叶大栀子[8]肥。

字词直通车 考点

❶ 山石：这是取诗的首句开头二字为题。

❷ 荦确（luòquè）：指山石险峻不平的样子。

❸ 微：狭窄。

❹ 蝙蝠：哺乳动物，夜间飞翔，捕食蚊、蛾等。

❺ 升堂：进入寺中厅堂。

❻ 阶：厅堂前的台阶。

❼ 新雨：刚下过的雨。

❽ 栀子：常绿灌木，夏季开白花，香气浓郁。

诗情画"译"

　　山石峥嵘险峭，山路狭窄弯曲，黄昏时分蝙蝠都飞出来捕食了，我来到了这座寺庙。

　　登上殿堂坐在台阶前，天空刚下过透雨一场，雨后的芭蕉枝粗叶大，山栀更肥壮。

背景小调查

《山石》的写作时间历代有不同说法。一般认为写于唐德宗贞元十七年（801）七月韩愈离开徐州去洛阳的途中。当时作者所游的是洛阳北面的惠林寺，同游者是李景兴、侯喜和尉迟汾。几人到洛北惠林寺去钓鱼，当夜宿于寺中，次日归去。这首诗若是从诗名看去，似乎是歌咏山石的，但千万别被韩愈骗过，其实他是写他们这些人的游历踪迹的，简直就是一篇微缩版的诗体山水游记。这就是韩愈厉害的地方，把他擅长的散文笔法融汇到诗里，详记游踪，而又诗意盎然。

诗意解读 考点

❶ 首句描写险峻的山石、狭窄的山路，"摄像机"随着诗中主人公的攀登而移步换形。

❷ 第二句诗人巧妙地选取了一个"蝙蝠飞"的镜头，让那只有在黄昏之时才会出现的蝙蝠在寺院里盘旋，立刻把诗中主人公和山寺，统统笼罩于幽暗的暮色之中。

❸ 第三句出现了主人公"升堂"的镜头，表现出诗人游兴很浓。

❹ 最后一句聚焦芭蕉和栀子，"大"和"肥"用在"新雨足"的芭蕉叶和栀子花上，突出了客观景物的特征，增强了形象的鲜明性，使人情不自禁地要赞美它们。

知识加油站

另一种风情的芭蕉

说起写芭蕉的唐诗，除了韩愈这首《山石》，就数得上另外一首非常有名的歌咏芭蕉的诗了，那就是钱珝的《未展芭蕉》。

未展芭蕉

唐 · 钱珝

冷烛无烟绿蜡干，芳心犹卷怯春寒。

一缄书札藏何事，会被东风暗拆看。

比起韩愈直写白描的"芭蕉叶大"，这首诗里把芭蕉的状态跟含情未展的少女的感情与气质联系起来，氤氲着一股优美生动的气息。这首诗之所以有名，是因为"冷烛无烟绿蜡干"一句，以绿蜡来形容芭蕉的心，叶子卷卷的未曾展开，像绿色的蜡烛一样，特为《红楼梦》作者曹雪芹所看重，

在《红楼梦》第十八回中，元春归省众人作诗，宝钗帮宝玉改诗，就用了"绿蜡"的典故。

薛涛

红颜薄命的
女校书

女校书

才华横溢

唐代四大女诗人之一
中国古代作诗最多的女诗人

幕府红人

女子"参政"
第一人

书法达人

薛涛笺

人物介绍

姓名：薛涛　字：洪度　民族：汉族
生卒年份：（约 768—832）
出生地：长安（今陕西西安）

送友人

唐·薛涛

水国❶蒹葭❷夜有霜，月寒山色共苍苍❸。
谁言千里自今夕❹，离梦❺杳❻如关塞❼长。

字词直通车

❶ 水国：水乡。
❷ 蒹葭（jiānjiā）：水草名，源自《诗经·蒹葭》："蒹葭苍苍，白露为霜。"后以"蒹葭"泛指思念异地友人。
❸ 苍苍：深青色。 ❹ 今夕：今晚，当晚。
❺ 离梦：离人的梦。 ❻ 杳（yǎo）：无影无声。
❼ 关塞：一作"关路"。

诗情画"译"

水乡深处，蒹葭笼罩在月色之中，好似染上一层薄薄的秋霜，寒冷的月色与夜幕笼罩中的深青山色浑然一体，苍苍茫茫。

谁说友人千里之别从今晚就开始了？可离别后连相逢的梦也杳无踪迹，它竟像迢迢关塞那样遥远。

背景小调查

　　有一年，身为太子校书的刘禹锡路过成都，游览了著名的浣花溪。他听说美人薛涛曾让浣花溪名声大振，就想会一会这位传奇女性。他屁颠屁颠地跑到韦皋的幕府里去求见薛涛，心想，哪怕就看一眼薛涛的芳容，也不枉此次成都一行。幸好天公作美，薛涛也仰慕刘禹锡的诗名，早就想跟他结识，于是两人在幕府相见。一见之下，各自倾慕。他仰慕她的风华，她欣赏他的才名，彼此如故友重逢，根本没有任何陌生感。可惜的是，刘禹锡公务在身，一睹芳容之后，便要匆匆离去。薛涛得遇知音，却又要匆匆而别，心里感到十分惋惜，于是在送行宴会上写下了这首《送友人》，以含蓄、委婉的表达方式，诉说离别的愁绪。

诗意解读

❶ 这是一首送别诗，可是如果不说是位女诗人所作，你一定看不出来。这首诗向来为人传诵，可与大唐才子们的名篇竞雄。

❷ 初读此诗，感觉一股清新之气扑面而来，蕴藏着无限别情。

❸ 诗的前两句用蒹葭起兴，告诉我们这是秋天的分别，诗人登山临水，见月照山前犹如寒霜，蒹葭与山色融为一体，饱含着离情别绪。

❹ 诗的后两句，烘托出无限的深情和遗憾，但诗人又不想惺惺作态，而是怀着"海内存知己，天涯若比邻"的慰勉，送别远行的友人。

这都是我写的。

薛涛

知识加油站

　　同为四大才女的鱼玄机，诗名不输薛涛。她跟薛涛是同乡，但出生晚于薛涛。鱼玄机早年出家为女道士，后与文学家温庭筠为忘年交，唱和甚多。鱼玄机性聪慧，有才思，好读书，流传下许多朗朗上口的名篇佳作。其中《江陵愁望寄子安》就是非常有名的一首。这首诗约作于咸通元年（860），当时鱼玄机赴江陵（今湖北荆州）寻李亿，就是那位"易求无价宝，难得有心郎"的李郎君。鱼玄机爱慕李亿，李亿却惧内不敢娶她，鱼玄机只好通过这首诗来表达她对李亿的爱慕和思恋。

江陵愁望寄子安

唐·鱼玄机

枫叶千枝复万枝，江桥掩映暮帆迟。
忆君心似西江水，日夜东流无歇时。

183

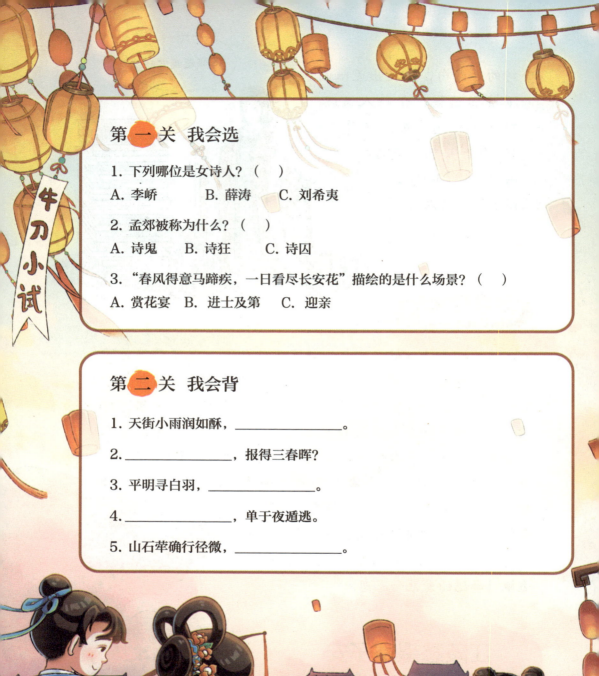

第一关　我会选

1. 下列哪位是女诗人？（　　）

A. 李峤　　　　B. 薛涛　　　C. 刘希夷

2. 孟郊被称为什么？（　　）

A. 诗鬼　　　B. 诗狂　　　C. 诗囚

3. "春风得意马蹄疾，一日看尽长安花"描绘的是什么场景？（　　）

A. 赏花宴　　B. 进士及第　　C. 迎亲

第二关　我会背

1. 天街小雨润如酥，＿＿＿＿＿＿＿＿。

2. ＿＿＿＿＿＿＿＿，报得三春晖？

3. 平明寻白羽，＿＿＿＿＿＿＿＿。

4. ＿＿＿＿＿＿＿＿，单于夜遁逃。

5. 山石荦确行径微，＿＿＿＿＿＿＿＿。

飞花令：雨

1. 东边日出西边**雨**，道是无晴却有晴。

    —— 唐·刘禹锡《竹枝词二首（其一）》

2. 忽惊云**雨**在头上，却是山前晚照明。

    —— 唐·崔道融《溪上遇雨二首（其二）》

3. 青箬笠，绿蓑衣，斜风细**雨**不须归。

    —— 唐·张志和《渔歌子》

4. 细**雨**湿衣看不见，闲花落地听无声。

    —— 唐·刘长卿《别严士元》

第三关 我会解

1. 遁：_____。 2. 白羽：_____。 3. 新雨：_____。

4. 天街：_____。 5. 三春晖：_____。

第四关 我会连

《游子吟》	水国兼葭夜有霜	芭蕉叶大栀子肥
《送友人》	临行密密缝	月寒山色共苍苍
《山石》	升堂坐阶新雨足	意恐迟迟归

牛刀小试答案

第一关：我会选
1. B
2. C
3. B

第二关：我会背
1. 草色遥看近却无
2. 谁言寸草心
3. 没在石棱中
4. 月黑雁飞高
5. 黄昏到寺蝙蝠飞

第三关：我会解
1. 逃走
2. 这里指箭
3. 刚下过的雨
4. 旧时指京城街道
5. 春天灿烂的阳光，指慈母之恩

第四关：我会连

《游子吟》 水国蒹葭夜有霜 芭蕉叶大栀子肥

《送友人》 临行密密缝 月寒山色共苍苍

《山石》 升堂坐阶新雨足 意恐迟迟归

柳宗元

从奇才到逐臣的不完美人生

出身世家

佛儒双修

寓言高手

出身河东三大姓之一柳氏
世"称柳河东""河东先生"

游记之祖

骈文大家

骈文近百篇，散文论说性强
笔锋犀利，讽刺辛辣

人物介绍

姓名：柳宗元　字：子厚　民族：汉族
生卒年份：（773—819）
出生地：长安（今陕西西安）

江雪

唐·柳宗元

千山鸟飞绝❶，万径❷人踪❸灭。
孤舟蓑笠❹翁，独❺钓寒江雪。

字词直通车

❶ 绝：无，没有。
❷ 万径：虚指所有的道路。
❸ 人踪：人的脚印。
❹ 蓑笠（suōlì）：蓑衣和斗笠。
❺ 独：独自。

诗情画"译"

　　所有的山上，飞鸟的身影已经绝迹，所有道路都不见人的踪迹。

　　江面孤舟上，一位披戴着蓑笠的老翁，独自在漫天风雪中垂钓。

永贞革新

背景小调查

公元805年，唐顺宗即位，他重用王叔文等人，积极推行革新，史称"永贞革新"。柳宗元与王叔文政见相同，受到重用，成为改革的中坚力量。后来，

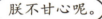

朕不甘心呢。

顺宗病重，被迫禅让帝位给太子李纯。李纯即位后打击以王叔文为首的革新集团，王叔文被赐死，柳宗元被贬为邵州刺史，途中又被加贬为永州司马。在永州任上，柳宗元精神上受到很大的打击，此诗就作于这段时期，不仅展示了柳宗元

的高洁情怀和对理想的追求，也反映了他对恶劣环境的抗争和对人生价值的思考。

诗意解读

考点

有人吗?

❶ 前两句诗人用"千山""万径"这两个词,是为了给下面两句的"孤舟"和"独钓"的画面作陪衬,诗人又运用一个"绝"和一个"灭"字,把最常见的动态一下子变成极端的寂静,形成一种不平常的景象。

❷ 后两句写渔翁,在这种绝对幽静、绝对沉寂的背景之下,倒反而显得玲珑剔透,有了生气,在画面上浮动起来、活跃起来。

❸ 这个在"寒江雪"中"独钓"的渔翁形象,实际上正是柳宗元本人的思想感情的寄托和写照。

渔翁

唐·柳宗元

渔翁夜傍 ❶ 西岩 ❷ 宿，晓汲 ❸ 清湘 ❹ 燃楚 ❺ 竹。
烟销 ❻ 日出不见人，欸乃 ❼ 一声山水绿。
回看天际下中流 ❽，岩上无心 ❾ 云相逐。

字词直通车

❶ 傍：靠近。 ❷ 西岩：当指永州境内的西山。

❸ 汲（jí）：取水。 ❹ 湘：湘江之水。 ❺ 楚：西山古属楚地。

❻ 销：消散。亦作"消"。

❼ 欸（ǎi）乃：象声词，指摇桨声。

❽ 下中流：由中流而下。

❾ 无心：白云飘飞自由自在，指物我两忘的心灵境界。

诗情画"译"

渔翁晚上停船靠着西山歇宿，早上汲取清澈的湘水，以楚竹为柴做饭。

旭日初升，云雾散尽四周悄然无声，渔翁摇橹的声音从碧绿的山水中传出。

回身一看，他已驾舟行至天际中流，山岩之上，只有白云悠然自在相互追逐。

背景小调查

柳宗元这首山水小诗作于永州（今湖南永州零陵区）。永贞元年（805），柳宗元参与永贞革新运动。半年后，革新运动失败，柳宗元被贬永州，一腔抱负化为烟云。永州地处湖南和广西交界处，当时还是一个人烟稀少的荒蛮之地，生活极端艰苦，柳宗元一家人刚到永州连住

的地方都没有，只好寄居在龙兴寺，老母亲卢氏不到半年就因贫病去世了。在被贬的10年中，柳宗元承受着政治上的沉重打击，将心中的悲愤寄情于永州山水，先后写下了被誉为"千古绝唱"的《永州八记》和《江雪》《渔翁》等

著名诗篇。此诗通过渔翁在山水间获得内心宁静的描写，表达了作者在政治革新失败、自身遭受打击后寻求超脱的心境。

寄情山水

 诗意解读 考点

柳宗元

❶ 这是一首抒情小诗，取题渔翁，渔翁是贯穿全诗首尾的核心形象。全诗共六句，按时间顺序，分三个层次。全诗摄取渔翁生活的几个镜头，既写出了永州山水深邃缥缈之美，也表现了作者对这种自由闲适生活的向往。

❷ 第一、二句写渔翁的生活。这是从夜晚到拂晓的景象，渔翁打水烧火煮饭，以忙碌的身影形象地表明时间的流转。第三、四句写景，烟消日出，山水清丽，橹声悦耳，诗人用"闻其声而不见其人"的写法，展示了一个山高水远、幽深寂寥的神秘境界，隐约见出渔翁孤高的性情和孤寂的心境，亦表现出一种奇趣。最后两句写作者的观感。日出以后，渔船已顺流远逝，回看天边，只有那岩上的白云自由地飘动，仿佛在向小船追去，诗意拓展，自由广阔，益增韵味。

❸ 这首诗犹如一幅小品画，情趣盎然，充满了色彩和动感，诗人以淡逸清和的笔墨勾画出一幅令人迷醉的山水晨景。"烟销日出不见人，欸乃一声山水绿"两句被后人称为"古今绝唱"。

193

唐诗
一读就懂一学就会

知识加油站

不同的雪中意境

雪景是唐诗中常见的题材。相对于《江雪》雪中垂钓的静态美，另外一首雪景诗则写出了一个发生在风雪之夜的简朴故事，让人感受颇深，那就是刘长卿的《逢雪宿芙蓉山主人》。

逢雪宿芙蓉山主人

唐·刘长卿

日暮苍山远，天寒白屋贫。

柴门闻犬吠，风雪夜归人。

刘长卿，字文房，天宝年进士。其诗气韵流畅，意境幽深，婉而多讽，擅长五言诗，自称为"五言长城"。此诗作于唐大历年间。诗人遭诬陷获罪，被贬为睦州司马。遭贬后，他写下了这首诗。整首诗用短短几句话就刻画烘托出雪夜投宿山中贫寒人家所见的情景，含蓄亲切。

白居易

充满故事的江州司马

少年出名

16 岁作《赋得古原草送别》
家喻户晓

酿酒达人

江州司马

白公堤

西湖有白堤，两岸栽种有杨柳
后世误传这即是白居易所修筑的堤
而称之为"白公堤"

帝王悼念

白居易去世后
唐宣宗李忱写诗悼念

人物介绍

姓名：白居易　字：乐天　民族：汉族
生卒年份：（772—846）
出生地：河南新郑

195

赋得①古原草送别

唐·白居易

离离②原上草，一岁一枯荣③。
野火烧不尽，春风吹又生。
远芳侵古道④，晴翠⑤接荒城。
又送王孙⑥去，萋萋⑦满别情。

字词直通车

考点

① 赋得：借古人诗句或成语命题作诗。
② 离离：形容青草茂盛，长长低垂的叶子随风飘动的样子。
③ 枯荣：茂盛一次，枯萎一次。 ④ 古道：古老的驿道上。
⑤ 晴翠：指阳光下反射的碧草之色。
⑥ 王孙：贵族公子，这里指诗人的朋友。
⑦ 萋萋：形容草木长得茂盛的样子。

诗情画"译"

原野上长满茂盛的青草，每年秋冬枯黄春来草色渐浓。
野火无法烧尽满地的野草，春风吹来大地又是绿茸茸。
远处芬芳的野草遮没了古道，阳光照耀下碧绿连荒城。
今天我又来送别老朋友，连繁茂的草儿也满怀离别之情。

背景小调查

《赋得古原草送别》这首诗是准备科举考试的习作，也是白居易的成名作。按当时考试的规定，凡是已经限定内容的诗题，题目前须加"赋得"二字。

贞元三年（787），16岁的白居易到长安游学，其间曾去拜谒过当朝名士、时为著作郎的顾况。那时的谒见，往往以诗文作为媒介。白居易就将自己的诗作投献给顾况"问路"。当顾况看到"白居易"这个名字时，就借名调侃了一下白居易，对他说："长安米贵，居大不易。"这是提醒白居易，没点才华，在京城这地方确实不好混。当顾况捧起白居易这首诗，读完以后，态度立刻来了一百八十度大转弯，不禁赞赏道："你能写出如此精美的诗句，待在长安，是没啥困难的了。"顾况是个爱才之人，随即在朋友圈中大力推荐白居易，不久，白居易在长安就声名鹊起了。

诗意解读 考点

① 首联中的"离离"二字，渲染出"春草"生命力旺盛的特征，两个"一"字复叠，形成咏叹，又状出一种生生不已的情味。

② 颔联塑造了一种壮烈的意境，不但写出"原上草"的性格，而且写出一种从烈火中再生的理想的典型，对仗亦工致天然，堪称卓绝千古。

③ 颈联将重点落到"古道"，以引出"送别"的主题。"远芳""晴翠"使得草的意象更具体、生动。

④ 尾联写的是看见萋萋芳草而增送别的愁情，似乎每一片草叶都饱含别情。

⑤ 全诗"古原""草""送别"连成一片，意境浑然天成。

池上二绝
（其二）

唐·白居易

小娃撑小艇^❷，偷采白莲^❸回。
不解藏踪迹^❹，浮萍^❺一道开。

字词直通车 考点

❶ 小娃：指小孩子。

❷ 艇：船。

❸ 白莲：白色的莲花。

❹ 踪迹：指被小艇划开的浮萍。

❺ 浮萍：水生植物，椭圆形叶子浮在水面，叶下面有
须根，夏季开白花。

诗情画"译"

小娃撑着小船，偷偷地从池塘里采了白莲回来。

他不懂得掩藏自己的行踪，浮萍被船儿荡开，水面上留
下了一条长长的船儿划过的痕迹。

不开心！

背景小调查

这首诗作于大和九年（835），当时白居易已经60多岁，任太子少傅，分司东都洛阳。经过多年的宦海沉浮，白居易晚年的生活，大多是闲适的，这也反映了他"穷则独善其身"的人生哲学。

回到洛阳以后，白居易经常和好友一起饮酒作诗，游山玩水。一日他漫步游玩于荷塘边，碰到了和尚下棋和小孩儿偷采白莲归来，顿时灵感爆发，兴致勃勃地写下了《池上二绝》这组组诗。第一首描写山僧下棋的静谧，第二首，也就是今天介绍的这首诗描写了一个天真无邪的小娃娃划船偷偷采白莲回来的有趣场景。白居易微笑着摇摇头，这采莲蓬的小孩儿真是可爱，他得意忘形地大摇大摆划着小船回来，都不知道隐藏自己的踪迹，浮萍都被小船冲到了两边，留下了一道明显的水路痕迹。这首小诗反映了白居易恬淡、愉悦的心境和生活。

诗意解读

考点

❶ 这首诗好比一组镜头，摄下一个小孩儿偷采白莲的情景。

❷ 从诗的小主人公撑船进入画面，到他离去只留下被划开的一片浮萍，有景色描写，有动作描写，有心理刻画，细致逼真，富有情趣。

❸ 一个"偷"字，让小主人公的天真幼稚、活泼淘气的可爱形象跃然纸上。

❹ 诗中最传神的当数"不解藏踪迹"一句，写尽小童顽皮、天真的情态。

不好，被发现了。

忆江南 ❶

唐·白居易

江南好，风景旧曾谙❷。
日出江花❸红胜火❹，春来江水绿如蓝❺。
能不忆江南？

字词直通车

考点

❶ 忆江南：唐教坊曲名。

❷ 谙（ān）：熟悉。

❸ 江花：江边的花朵。

❹ 红胜火：颜色鲜红胜过火焰。

❺ 蓝：蓝靛，用作染料。

诗情画"译"

　　江南好，我对江南的美丽风景曾经是多么熟悉。

　　春天的时候，晨光映照得岸边红花比熊熊的火焰还要红，碧绿的江水绿得胜过蓝草。

　　怎能叫人不怀念江南？

上有天堂 下有苏杭

背景小调查

白居易在青年时期曾漫游江南，并在苏杭地区旅居，从而对这一地区的自然风光和文化习俗有了深刻的了解。此外，他还曾在杭州和苏州担任刺史一职，这使得他对江南有着相当的了解，故此，江南在他的心中留有深刻印象。

在结束了政治生涯之后，白居易定居在了洛阳。尽管他离开了江南，但那些美好的记忆仍然留在了他的心中。回到洛阳后，他在67岁时，写下了三首《忆江南》，表达了他对江南风光的怀念和对过去美好时光的眷恋。

诗意解读

考点

江南好？

❶ 全诗开篇就赞颂"江南好"，正因为"好"，才不能不"忆"。一个"谙"字，说明那江南风景之"好"不是听人说的，而是当年亲身感受到的、体验过的。

❷ "日出""春来"，互文见义。春来百花盛开，已极红艳；红日普照，更红得耀眼。春天江水碧绿，在日光照耀下，色彩更加明艳。

❸ 作者把"花"和"日"联系起来，为的是同色烘染；又把"花"和"江"联系起来，为的是异色相映衬。江花红，江水绿，二者互为背景。于是红者更红，"红胜火"；绿者更绿，"绿如蓝"。

❹ 末尾一句用反问的语气，更增强了对江南美景的赞美之情。

知识加油站

"诗魔"和"诗王"称号的由来

白居易很爱写诗，甚至是从早上开始，直到晚上才结束。他在《诗解》中说，自己每天坚持创作诗歌，并不是贪图名气和声誉，而是因为这是一种乐趣，可以陶冶性情。他作诗非常勤奋，总是从平民百姓的角度出发，努力让诗歌的意境贴近大众，特别是语言要浅显。据宋人惠洪在《冷斋夜话》中说，白居易每作一

首诗，都会先读给一位老婆婆听，并一直改到不识字的老婆婆能听懂为止。因为刻苦，他作诗竟然到了口舌生疮、手指长茧的地步，可见他对诗文的热爱程度，就像"入魔"，当然并非真的成"魔"。

白居易"诗魔"这个称号来自他自己的诗《醉吟二首》，其中的两句诗写道："酒狂又引诗魔发，日午悲吟到日西。"

《白氏集后记》中记载，白居易的诗文有75卷，大小诗共3840首。在唐代诗人中，他诗作的数量可算是名列前茅了。他的诗关注社会现实和民生疾苦，主题鲜明，"一吟悲一事"，语言平白浅显，朗朗上口，为社会大众所接受，在汉诗歌传播中又起到了"王化"的作用，因此白居易又有"诗王"的称号。

大林寺① 桃花

唐·白居易

人间② 四月芳菲尽③，山寺④ 桃花始⑤ 盛开。
长恨⑥ 春归⑦ 无觅⑧ 处，不知⑨ 转入此中⑩ 来。

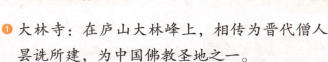

字词直通车 考点

① 大林寺：在庐山大林峰上，相传为晋代僧人
   昙诜所建，为中国佛教圣地之一。
② 人间：指庐山下的村落。③ 尽：指花凋谢了。
④ 山寺：指大林寺。⑤ 始：才，刚刚。
⑥ 长恨：常常惋惜。⑦ 春归：春天回去了。
⑧ 觅：寻找。⑨ 不知：岂料，想不到。
⑩ 此中：寺庙里。

诗情画"译"

　　四月正是平地上百花凋零殆尽的时候，
高山古寺中的桃花才刚刚盛放。
　　我常为春光逝去无处寻觅而惋惜，却不
知它已经转到这里来了。

背景小调查

唐贞元年间进士出身的白居易，曾授秘书省校书郎，又官至左拾遗，可谓春风得意。谁知在几年京官生涯中，因其直谏不讳，冒犯了权贵，受朝廷排斥，被贬为江州（今江西九江）司马。元和十二年（817）四月时任江州司马的白居易与友人游大林寺，此时山下芳菲已尽，不期在山寺中遇上了一片刚刚盛开的桃花，令他惊讶欣喜，于是便创作了这首诗。这首诗不仅描写了桃花的美丽，还融入了诗人对人生、对社会的感慨，具有很高的艺术价值。

诗意解读　 考点

❶ 前两句写诗人登山时已届孟夏，正属大地春归、芳菲落尽的时候了。但不期在高山古寺之中，又遇上了意想不到的春景——一片始盛的桃花。

❷ "人间"二字，意味着这一奇遇、这一胜景，给诗人带来一种特殊的感受，即仿佛从人间的现实世界，突然步入到一种仙境，置身于另一世界。

❸ 后两句诗人想道，自己曾因为惜春、恋春，以至于遗憾春的离，谁知却是错怪了春。原来春并未归去，只不过像小孩子跟人捉迷藏一样，偷偷地躲到这块地方来罢了。

暮江吟 ❶

唐·白居易

一道残阳❷铺水中，半江瑟瑟❸半江红。
可怜❹九月初三夜，露似真珠❺月似弓❻。

字词直通车

❶ 暮江吟：黄昏时分在江边所作的诗。
❷ 残阳：快落山的太阳。
❸ 瑟瑟：此处指碧绿色。
❹ 可怜：可爱。
❺ 真珠：珍珠。
❻ 月似弓：上弦月，其弯如弓。

诗情画"译"

残阳倒映在江面上，霞光洒下，波光粼粼；江水一半呈现出深深的碧色，一半呈现出红色。

最可爱的是那九月初三之夜，露水像珍珠一样晶莹光亮，朗朗新月形如弯弓。

这才是我追求的诗和远方。

长庆二年（822），白居易厌倦了朝中政治昏暗、党争激烈的情势，自求外任，出任杭州刺史。他离开朝廷后顿感轻松惬意，赴任沿途的自然风光给了他很多灵感。在一个傍晚，落日的余晖照亮了水面；随后夜幕降临，一弯新月挂在西天；夜深了，月亮早已西沉，秋夜里的露珠凝结在草叶上。白居易享受着和谐宁静的夜晚，创作了这首著名的《暮江吟》。

诗意解读

考点

❶ 首句残阳照射在江面上，不说"照"，却说"铺"，非常形象地写出了秋天夕阳独特的柔和，给人以亲切、安闲的感觉。

❷ 第二句通过对比，写出了江景的寂寥以及诗人心情的轻松和些许落寞。

❸ 第三句很自然地把时间从日落过渡到夜晚。看似随意写来，实际上很重要，让读者明确感到时间在推移，继续观赏后面的画面。

这也太可爱了吧！

❹ 最后一句表明了是深秋的月初，连用两个新颖贴切的比喻，描绘出深秋月夜的迷人景象。

卖炭翁

唐·白居易

卖炭翁，伐薪烧炭南山中。

满面尘灰烟火色❶，两鬓苍苍十指黑。

卖炭得钱何所营？身上衣裳口中食。

可怜身上衣正单，心忧炭贱愿天寒。

夜来城外一尺雪，晓驾炭车辗冰辙。

牛困人饥日已高，市南门外泥中歇。

翩翩两骑来是谁？黄衣使者❷白衫儿❸。

手把文书口称敕❹，回车叱牛牵向北。

一车炭，千余斤，宫使驱将惜不得。

半匹红绡一丈绫，系向牛头充炭直❺。

考点

字词直通车

❶ 烟火色：烟熏色的脸。

❷ 黄衣使者：指皇宫内的太监。

❸ 白衫儿：指太监手下的爪牙。

❹ 敕（chì）：皇帝的命令或诏书。

❺ 直：通"值"，指价格。

诗情画"译"

有位卖炭的老翁，整年在南山里砍柴烧炭。

他满脸灰尘，显出被烟熏火燎的颜色，两鬓斑白十指漆黑。

卖炭得到的钱用来干什么？换取身上的衣服和填肚子的食物。

可怜他身上只穿着单薄的衣服，心里却担心炭不值钱希望天更冷些。

夜里城外下了一尺厚的大雪，拂晓他急忙驾着炭车轧着冰路往集市上赶去。

牛累了，人饿了，但太阳已经升得很高了，他就在集市南门外泥地中歇息。

那得意忘形的两个骑马的人是谁啊？是皇宫内的太监和他的手下。

他们手里拿着文书，嘴里称是皇帝的命令，吆喝着牛朝皇宫拉去。

一车的炭，1000多斤，太监差役们硬是要赶着走，老翁百般不舍，却又无可奈何。

那些人把半匹红纱和一丈绫，朝牛头上一挂，就充当买炭的钱了。

唐诗

一读就懂一学就会

背景小调查

　　《卖炭翁》是白居易《新乐府》组诗中的第32首。白居易写作《新乐府》是在唐宪宗元和初年，唐朝面临着严重的财政危机，中央政府的腐化和堕落，以及对民间利益争夺的加剧，导致了包括"宫市"在内的一系列社会问题。"宫市"是一种不经过正式程序、由皇室或官僚直接命令劫夺民间财物的非法行为，它代表了当时社会中权力的滥用和对民众利益的非正义侵占。当时正是"宫市"为害最深的时候，白居易对"宫市"十分了解，对人民又有深切的同情，所以才能写出这首感人至深的《卖炭翁》来。

诗意解读 🚩考点

来买炭吧。

❶ 开头四句，写卖炭翁的炭来之不易，活画出卖炭翁的肖像，揭示出唐朝中晚期劳动者已被剥削得贫无立锥之地；"可怜身上衣正单，心忧炭贱愿天寒"写出了卖炭翁艰难的处境和复杂的内心矛盾。

❷ 接下来两句说的是，虽然天公作美，夜里突降大雪，但卖炭翁卖炭非常不易，使读者不由得心生怜悯。

❸ 最后四句揭露了唐朝统治者的丑恶嘴脸，太监们仅用半匹纱、一丈绫来支付千余斤炭钱，实际上等于强行掠夺。

❹ 作者通篇没发一句议论，却通过一个卖炭老人的身世，烧炭、卖炭以及炭车被抢的前后经过，使人们更加清楚、深刻地了解到当时社会的现实，激起人们强烈的共鸣。

钱塘湖^❶春行

唐·白居易

孤山^❷寺北贾亭^❸西，水面初平^❹云脚^❺低。

几处早莺争暖树，谁家新燕^❻啄春泥。

乱花^❼渐欲迷人眼，浅草才能没^❽马蹄。

最爱湖东行不足，绿杨阴里白沙堤。

字词直通车

❶ 钱塘湖：杭州西湖。

❷ 孤山：在西湖的中后湖、外湖之间。

❸ 贾亭：西湖贾公亭。 ❹ 水面初平：春水初涨。

❺ 云脚：接近水面的云气。

❻ 新燕：刚从南方飞回来的燕子。

❼ 乱花：纷繁的花。 ❽ 没（mò）：遮没。

诗情画"译"

从孤山寺的北面到贾亭的西面，湖面春水刚与堤平，白云低垂，同湖面连成一片。

几只早出的黄莺争相飞往向阳的树木，谁家新飞来的燕子正忙着筑巢衔泥呢。

纷繁的花朵渐渐开放，使人眼花缭乱，浅浅的青草刚刚能够遮没马蹄。

最爱的湖东美景百游不厌，杨柳成排绿荫中穿过一条白沙堤。

去杭州喽。

背景小调查

唐穆宗长庆二年（822），白居易外任杭州刺史，跟杭州西湖有了长达两三年的亲密接触。在此期间，他多次游历西湖，饱览西湖风光，徜徉于白公堤上。白居易望着西湖美景，心中诗意纵横，留下了这篇千古传诵的名篇佳作。

后世有人认为白公堤是因为白居易修筑而得名，其实并不是这么回事，白公堤早就存在，只不过到了唐朝中后期的某些时候，堤上屡屡可见白居易流连美景的身影。

诗意解读 考点

❶ 首联两个地名连用，显示诗人是一边走，一边观赏。湖光水色连成一片，正是典型的江南春湖景致。

❷ 颔联从静到动。"几处"二字，勾画出莺歌的此呼彼应和诗人左右寻声的情态；"谁家"二字的疑问，又表现出诗人细腻的心理活动。

❸ 颈联用一个"乱"字来形容东一团西一簇的春花，用一个"浅"字来形容春草尚未丰茂，既生动又形象。

❹ 尾联以"行不足"说明自然景物美不胜收，令诗人兴致高昂，流连忘返。

知识加油站

凌晨的孤寂之月

一句"露似真珠月似弓"让白居易享誉千古，他笔下的如弓之月，透露出秋夜的迷人。另外一位晚唐的大诗人温庭筠，用简单直白的一个名词"月"，没有任何形容和比拟，同样创造出了独特的诗境。

商山早行

唐·温庭筠

晨起动征铎，客行悲故乡。

鸡声茅店月，人迹板桥霜。

槲叶落山路，枳花明驿墙。

因思杜陵梦，凫雁满回塘。

其中，颔联历来为人所推崇，十个名词连用，称得上"意象具足"。尤其是那个"月"字，既不是弯月，也不是月似弓，也不是满月，也不是明月，也不是淡月，也不是朗月，也不是斜月……每个读者心中都有这样一个月，意态不尽相同，背后所蕴含的情感和情绪却是同一的。

刘禹锡

一生傲骨，
满腔豁达

辞赋大家

诗风独特
饶有豪猛之气，被誉为诗豪

唯物主义

革新派

擅长医术

参与永贞革新
屡遭贬谪

人物介绍

姓名：刘禹锡　字：梦得　民族：汉族
生卒年份：（772—842）
出生地：苏州嘉兴（今浙江嘉兴）

215

望洞庭 ^①

唐·刘禹锡

湖光秋月两相和，潭面无风镜未磨 ^②。
遥望洞庭山水翠，白银盘 ^③ 里一青螺 ^④。

字词直通车

① 洞庭：湖名，在今湖南省北部。
② 镜未磨：湖水如同镜面没打磨时一样照物模糊，这里指无风的状态。
③ 白银盘：形容平静而又清澈的洞庭湖面。
④ 青螺：这里用来形容洞庭湖中的君山。

诗情画"译"

洞庭湖水色与月光互相辉映，湖面风平浪静，犹如未磨的铜镜。

皓月银辉之下，青翠的君山与清澈的洞庭湖水浑然一体，远望去如同一只莹澈的白银盘里，放了一枚小巧玲珑的青螺。

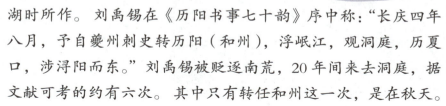

刘禹锡

背景小调查

此诗是唐穆宗长庆四年（824）
秋，刘禹锡赴和州刺史任、经洞庭
湖时所作。刘禹锡在《历阳书事七十韵》序中称："长庆四年
八月，予自夔州刺史转历阳（和州），浮岷江，观洞庭，历夏
口，涉浔阳而东。"刘禹锡被贬逐南荒，20年间来去洞庭，据
文献可考的约有六次。其中只有转任和州这一次，是在秋天。

而此诗则是这次行脚的生动记
录。诗人通过对洞庭湖的描
写，表达了对自然的热爱和对
人生的感慨。此诗是刘禹锡的
代表作之一，也是中国诗词史
上的经典之作。

诗意解读

❶ 前两句从一个"望"字着眼，水月交融、
湖平如镜，是近望所见，描写出澄澈空
明的湖水与素月清光交相辉映的意境，
情景相融、相得益彰。

❷ 后两句的洞庭山水、犹如青螺，是遥望所得，湖水如盘，君山
如螺。秋月之下的洞庭山水变成了一件精美绝伦的工艺美术珍
品，给人以莫大的艺术享受。

❸ 此诗描写了秋夜月光下洞庭湖的
优美景色，表达了诗人对洞庭风
光的喜爱和赞美之情，表现了诗
人壮阔不凡的气度和高卓清奇的
情致。

浪淘沙 ①

唐·刘禹锡

九曲 ② 黄河万里沙 ③，浪淘风簸 ④ 自天涯 ⑤。
如今直上银河去，同到牵牛织女 ⑥ 家。

字词直通车

① 浪淘沙：唐教坊曲名。

② 九曲：自古相传黄河有九道弯。

③ 万里沙：黄河在流经各地时挟带大量泥沙。

④ 浪淘风簸：黄河卷着泥沙，风浪滚动的样子。

⑤ 天涯：天边。

⑥ 牵牛织女：星座名，相传，织女下凡与牛郎结为夫妇。
王母娘娘得知后，召回织女，牛郎追上天，王母娘娘罚
他们隔河相望，只准每年七月七日相会。

诗情画"译"

弯弯曲曲的黄河，挟带着泥沙，浪涛汹涌，奔
腾万里，从遥远的天边滚滚而来。

如今好像要直飞上高空的银河，请带上我一起
去寻访牛郎织女的家。

背景小调查

　　唐朝自安史之乱后，气势顿衰。藩镇割据，宦官专权。唐顺宗继位后实行永贞革新，刘禹锡曾是政治革新集团成员，历时 100 多天，革新失败。刘禹锡被贬为连州刺史，行至江陵，再被贬为朗州司马。一度奉诏还京后，他又因《元和十年自朗州至京戏赠看花诸君子》触怒当朝权贵而被贬为连州刺史，后任和州刺史。几经贬谪，刘禹锡并没有沉沦，而是以积极乐观的态度面对世事的变迁，为苍生造福的社会理想不变，渴望有一番作为，纵然是恶浪频袭仍无怨无悔，初衷不改。这首诗正是表达了他的这种情感。

诗意解读

考点

❶ 诗的前两句歌咏九曲黄河中的万里黄沙，赞扬它们冲风破浪、一往无前的顽强性格。

❷ 后两句采用张骞为武帝寻找河源和牛郎织女相隔银河的典故，驰骋想象，表示要迎着狂风巨浪，顶着万里黄沙，逆流而上，直到牵牛织女家，表现了诗人的豪迈气概。

❸ 这首诗用夸张等写作手法抒发了诗人的浪漫主义情怀，气势大起大落，给人一种磅礴壮阔的雄浑之美。

大人，快看！

酬^❶乐天扬州初逢席上见赠

唐·刘禹锡

巴山楚水^❷凄凉地，二十三年^❸弃置身^❹。

怀旧空吟闻笛赋^❺，到乡翻似^❻烂柯人^❼。

沉舟侧畔千帆过，病树前头万木春。

今日听君歌一曲，暂凭杯酒长精神。

字词直通车

❶ 酬：答谢，酬答。 ❷ 巴山楚水：指四川、湖南、湖北一带。

❸ 二十三年：刘禹锡被贬的年数。

❹ 弃置身：指遭受贬谪的诗人自己。

❺ 闻笛赋：指魏晋时期向秀的《思旧赋》。 ❻ 翻似：倒好像。

❼ 烂柯人：指王质，传说晋人王质上山砍柴，观两个童子下棋。棋局终了，斧柄已经朽烂，时光已过百年。

诗情画"译"

被贬谪到巴山楚水这些荒凉的地区，度过了23年贬谪的光阴。

怀念故去旧友徒然吟诵闻笛小赋，久谪归来感到已非旧时光景。

翻覆的船只旁仍有千千万万的帆船经过，枯萎树木的前面也有万千林木欣欣向荣。

今天听了你为我吟诵的诗篇，暂且借这一杯美酒振奋精神。

背景小调查

　　刘禹锡从小爱下围棋，与专教唐德宗太子下棋的棋待诏王叔文很要好。太子当上皇帝后，他的教师王叔文组阁执政，就提拔棋友刘禹锡当监察御史。后来王叔文集团政治改革失败，刘禹锡被贬到外地做官，宝历二年（826）应召回京。冬天途经扬州，与同样被贬的白居易相遇。白居易在筵席上写了一首诗《醉赠刘二十八使君》相赠："为我引杯添酒饮，与君把箸击盘歌。诗称国手徒为尔，命压人头不奈何。举眼风光长寂寞，满朝官职独蹉跎。亦知合被才名折，二十三年折太多。"在诗中，白居易对刘禹锡被贬谪的遭遇，表示了同情和不平。于是刘禹锡写了这首《酬乐天扬州初逢席上见赠》回赠白居易。

诗意解读　考点

❶ 诗的首联，诗人没有为自己无罪却长期遭贬鸣不平，而是通过"凄凉地"和"弃置身"这些富有感情色彩的字句的渲染，让读者深刻感觉到诗人抑制已久的愤激心情。

❷ 颔联运用"闻笛赋"和"烂柯人"的典故，表达了对朋友的悼念和对岁月流逝、人事变迁的感叹。

❸ 颈联诗人以沉舟、病树比喻自己，固然感到惆怅，然而23年的贬谪生活，并没有使他消沉颓唐，反而要振奋精神，迎头赶上去。

❹ 尾联点明了酬答白居易的题意。

❺ 刘禹锡在这首诗中所表现的身经危难、百折不回的坚强毅力，给后人以莫大的启迪和鼓舞。

乌衣巷 ❶

唐·刘禹锡

朱雀桥 ❷ 边野草花，乌衣巷口夕阳斜。
旧时王谢 ❸ 堂前燕，飞入寻常 ❹ 百姓家。

字词直通车

❶ 乌衣巷：位于秦淮河之南。三国时东吴曾在此设军营，军士皆黑衣，故得名。东晋时王导、谢安两大家族都居住在乌衣巷，入唐后乌衣巷沦为废墟。

❷ 朱雀桥：六朝时金陵正南朱雀门外横跨秦淮河的大桥。

❸ 王谢：王导、谢安，晋代两个世家大族。

❹ 寻常：平常。

诗情画"译"

　　朱雀桥边冷落荒凉，野草开出了花，乌衣巷口断壁残垣，正是夕阳斜挂。

　　当年王导、谢安家中檐下的燕子，如今已飞进寻常百姓家中。

好想去看看。

刘禹锡

　　这首《乌衣巷》是组诗《金陵五题》中的一篇。诗人此前尚未到过金陵，始终对金陵怀着憧憬，正好有友人将自己写的五首咏金陵古迹诗给他看，他便乘兴和了五首。乌衣巷原是六朝"诗书簪缨之族"世代居住的地方——东晋时开国元勋王导和指挥淝水之战的谢安都住在这里，最是"花柳繁华之地"，可是到了刘禹锡的时代，已沦为废墟，贵族气象全无，有名的朱雀桥边竟长满野草，乌衣巷口也不见车马出入，只有夕阳斜照在昔日的高墙上。

诗意解读  考点

❶ 首句点明原来繁华无比的朱雀桥，如今野草和野花丛生，"草花"前面加上一个"野"字，这就给景色增添了荒僻的气象。

❷ 第二句写出乌衣巷不仅是映衬在败落凄凉的古桥的背景之下，而且还呈现在斜阳的残照之中。"夕阳"，这西下的落日，再点上一个"斜"字，便突出了日薄西山的惨淡情景。

❸ 最后两句出人意料地忽然把笔触转向了乌衣巷上空正在就巢的飞燕，让人们沿着燕子飞行的去向去辨认，如今的乌衣巷里已经居住着普通的百姓人家了。

❹ 这首诗表达了诗人对盛衰兴败的深沉感慨。

唐诗中的"乞巧"诗

农历七月初七夜晚，俗称"七夕"，是传说中隔着"天河"的牛郎和织女在鹊桥上相会的日子。过去，七夕的民间活动主要是乞巧。所谓"乞巧"，就是向织女乞求一双巧手的意思。乞巧最普遍的方式是对月穿针，如果线从针孔穿过，就叫"得巧"。这一习俗唐宋最盛。唐诗之中，以乞巧入诗，除了刘禹锡的《浪淘沙》外，最有名的就数林杰的《乞巧》。

乞巧

唐·林杰

七夕今宵看碧霄，牵牛织女渡河桥。

家家乞巧望秋月，穿尽红丝几万条。

林杰（831—847）字智周，福建人，唐代诗人。小时候非常聪明，6 岁就能赋诗，下笔即成章，又精书法、棋艺，只是死得太早，只活了 17 岁。《全唐诗》存其诗两首。《乞巧》描写了唐代民间七夕乞巧的盛况。

元稹

多情诗人，
无情岁月

《莺莺传》文笔优美
刻画细致

"元白"并称

进士及第

乐府高才

元和体

23 岁考中进士
秘书省校书郎

人物介绍

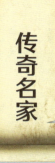

姓名：元稹　字：微之　民族：鲜卑族
生卒年份：（779—831）
出生地：长安（今陕西西安）

离思五首
（其四）

唐·元稹

曾经①沧海难为②水，除却③巫山不是云。
取次④花丛⑤懒回顾，半缘⑥修道⑦半缘君⑧。

字词直通车

① 曾经：曾经到临。

② 难为："不值得一观"的意思。

③ 除却：除了。

④ 取次：草草，仓促，随意。

⑤ 花丛：这里指众多美女。

⑥ 缘：因为。

⑦ 修道：指修炼道家之术。

⑧ 君：指曾经心仪的恋人。

诗情画"译"

经历过波澜壮阔的大海，别处的水再也不值得一观。陶醉过巫山的云雨的梦幻，别处的风景就不能称之为云雨了。

即使身处万花丛中，我也懒得回头顾盼；这缘由，一半是因为修道人的清心寡欲，一半是因为曾经拥有过的你。

背景小调查

　　这是元稹悼念亡妻韦丛的诗作。元稹祖上虽世代为官，但他8岁丧父，家贫无业。后来经过自身努力考中进士担任了小小的校书郎。韦丛是当时京兆尹韦夏卿的小女儿。韦夏卿作为当世伯乐，眼光独到，他竟看上了元稹这个穷小子，认为他将来会有出息，同意将女儿嫁给他。这本算是一桩穷小子高攀而来的婚姻，婚后夫妻非常恩爱。然而，七年后，韦丛因病离开了人世。韦丛的去世，让元稹的后半生都沉浸在思念和哀伤之中。他写下了许多悼亡诗，其中的《离思五首》被誉为千古绝唱。

诗意解读 考点

❶ 诗的前两句为千古名句，诗人借"沧海""水""巫山""云"这世间绝美的景象，表达了自己对爱妻坚贞不渝的感情，表现了夫妻昔日的美好感情。

❷ 第三句以花比人，表面上是说我即使走到盛开的花丛里，也懒得回头观看，实际上表示自己对其他美丽的女子再无留恋眷顾之心。

❸ 第四句道出"取次花丛懒回顾"的原因，是因为失去了"君"。"半缘修道"之说，只不过是遁词罢了。

菊花

唐·元稹

秋丛❶绕舍❷似陶家❸，遍绕❹篱❺边日渐斜❻。
不是花中偏爱菊，此花开尽❼更❽无花。

字词直通车

❶ 秋丛：指丛丛秋菊。

❷ 舍（shè）：居住的房子。

❸ 陶家：陶渊明的家。陶，指东晋诗人陶渊明。

❹ 遍绕：环绕一遍。

❺ 篱（lí）：篱笆。

❻ 日渐斜（xiá）：太阳渐渐落山。

❼ 尽：完。

❽ 更（gèng）：再、复。

诗情画"译"

一丛丛的秋菊环绕着房屋，好似到了陶渊明的家。绕着篱笆观赏菊花，不知不觉太阳已经快落山了。

不是因为百花中偏爱菊花，只是因为菊花开过之后再无花可赏。

背景小调查

　　元稹自幼丧父，从小聪明好学。约贞元十八年（802），24岁的元稹到长安去，准备参加冬天举办的贡举。科考前大批的士子、读书人齐聚京城，自然也免不了各种赏花诗会，正是学子们扬名京都的好机会。这年秋天，元稹作了一首赏菊诗，在展现才华的同时彰显自身凌霜傲骨的品格，名为《菊花》。元稹偏爱菊花，言外之意自然是喜欢菊花高洁、坚强的品格，再引申下，自己身上也有这样的品格，希望得到伯乐的关注。后元稹进士及第，与白居易成为同榜进士和好友。不久，元稹和白居易等一同发起了新乐府运动，写下了很多反映百姓疾苦的诗歌。

诗意解读

❶ 第一句的"绕"字写屋外所种菊花之多。陶渊明最爱菊花，世人皆知，以此比照诗人种菊的地方，可见秋菊之多、花开之盛。这么多美丽的菊花，让人心情愉悦。

❷ 第二句写诗人专注地看花的情形。这里诗人又用了一个"绕"字，写赏菊兴致之浓，不是到东篱便驻足，而是"遍绕篱边"，不知日之将夕。

❸ 后两句点明了诗人爱菊的原因。菊花是百花之中最后凋谢的，一旦菊花谢尽，便无花景可赏，抒发了诗人对菊花历尽风霜而后凋的坚贞品格的赞美之情。

闻乐天授^❶ 江州司马^❷

唐·元稹

残灯^❸无焰^❹影幢幢^❺，此夕^❻闻君谪^❼九江。
垂死^❽病中惊坐起，暗风吹雨入寒窗。

字词直通车

考点

❶ 授：授职，任命。

❷ 司马：官名，为州刺史的辅佐之官。

❸ 残灯：快要熄灭的灯。 ❹ 焰：火苗。

❺ 幢幢（chuáng）：灯影昏暗摇曳之状。

❻ 夕：夜。

❼ 谪：古代官吏因罪被降职或流放。

❽ 垂死：病危。

诗情画"译"

灯火将熄，一片昏暗，光影在摇曳，今夜忽然听说你被贬谪到九江。

大病中我惊得蓦然从床上坐起，暗夜的风雨吹进窗户，感觉分外寒冷。

背景小调查

~友谊天长地久~

这首诗是元稹在通州（今四川达州）听到白居易被贬的消息时写的。元稹和白居易有很深的友谊。唐宪宗元和五年（810），元稹因弹劾和惩治不法官吏，得罪宦官刘士

元，被贬为江陵士曹参军，后来又改授通州司马。元和十年（815），白居易上书，请求逮捕刺杀宰相武元衡的凶手，结果得罪权贵，被贬为江州司马。白居易被贬的消息传到通州时，元稹正身患重病。元稹

贬谪他乡，又身患重病，心境本来就不佳，此时忽然听到挚友也蒙冤被贬，内心更是极度震惊，万般怨苦、满腹愁思一齐涌上心头，于是创作了这首诗。

白居易大人被贬江州啦！

我要给老白写信！

诗意解读 考点

❶ 此诗作于元稹得知白居易遭贬之后。

❷ 诗人心境悲凉，入眼的景物也连带着阴沉昏暗起来，风、雨、灯、窗都变得又"残"又"暗"又"寒"。

❸ 诗中"垂死病中惊坐起"一语，是传神之笔，惟妙惟肖地摹写出诗人当时陡然一惊的神态。再加上"垂死病中"，进一步加强了感情的深度，使诗句更加传神。

❹ 这首诗用简练生动的语言，描绘出一系列的凄凉景象，充分表现了诗人对好友被贬的哀伤不平和凄苦的心情。

知识加油站

乐府名家——王建

元稹是新乐府运动的倡导者之一，他的乐府诗受到了张籍、王建的影响。说起乐府诗，不得不提中唐一位重要的诗人——王建。王建，字仲初，出身寒微，大历年间，考中进士，一度从军。王建擅长乐府诗，与张籍齐名，世称"张王乐府"。诗作题材广泛，同情百姓疾苦，生活气息浓厚，思想深刻。体裁多为七言歌行，篇幅短小。语言通俗凝练，富有民歌谣谚色彩。

十五夜望月

唐·王建

中庭地白树栖鸦，冷露无声湿桂花。
今夜月明人尽望，不知秋思落谁家。

这首诗写中秋月色和望月怀人的心情，展现了一幅寂寥、冷清、沉静的中秋之夜的图画，把读者带进一个月明人远、思深情长的意境，将别离思聚的情意表现得委婉动人。

第一关 我会选

1. 下列哪首诗是元稹写的？（ ）

A.《望洞庭》　　　　B.《渔翁》　　　C.《菊花》

2. 白居易被称为什么？（ ）

A. 诗魔　　　B. 诗狂　　　C. 诗鬼

3. "千山鸟飞绝，万径人踪灭"描写的是什么景？（ ）

A. 雨景　　B. 打雷　　C. 雪景

第二关 我会背

1. 一道残阳铺水中，_____。

2. _____，飞入寻常百姓家。

3. _____，除却巫山不是云。

4. 遥望洞庭山水翠，_____。

5. 烟销日出不见人，_____。

第三关 我会解

1. 万径：_____。　2. 酬：_____。　3. 江花：_____。

4. 长恨：_____。　5. 授：_____。

第四关 我会译

1. 沉舟侧畔千帆过，病树前头万木春。

   _____

2. 人间四月芳菲尽，山寺桃花始盛开。

   _____

3. 不是花中偏爱菊，此花开尽更无花。

   _____

飞花令：花

1. 花间一壶酒，独酌无相亲。 —— 唐·李白《月下独酌四首（其一）》

2. 不知近水花先发，疑是经春雪未销。—— 唐·张谓《早梅》

3. 年年岁岁花相似，岁岁年年人不同。—— 唐·刘希夷《白头吟》

4. 曲径通幽处，禅房花木深。 —— 唐·常建《题破山寺后禅院》

牛刀小试答案

第一关：我会选

1. C
2. A
3. C

第二关：我会背

1. 半江瑟瑟半江红
2. 旧时王谢堂前燕
3. 曾经沧海难为水
4. 白银盘里一青螺
5. 欸乃一声山水绿

第三关：我会解

1. 虚指所有的道路
2. 答谢，酬答
3. 江边的花朵
4. 常常惋惜
5. 授职，任命

第四关：我会译

1. 翻覆的船只旁仍有千千万万的帆船经过，枯萎树木的前面也有万千林木欣欣向荣。

2. 四月正是平地上百花凋零殆尽的时候，高山古寺中的桃花才刚刚盛放。

3. 不是因为百花中偏爱菊花，只是因为菊花开过之后再无花可赏。

贾岛

颇得推敲三味的
苦吟诗人

早年出家

家境贫寒，出家为僧
法号无本

受教于韩愈

诗奴
自号"碣石山人"

郊寒岛瘦
与孟郊齐名
多写荒凉枯寂之境

苦吟派
两句三年得
一吟双泪流

人物介绍

姓名：贾岛　字：浪（阆）仙　民族：汉族
生卒年份：（779—843）
出生地：范阳（今北京西南）

237

寻①隐者②不遇③

唐·贾岛

松下问童子④，言⑤师采药去。
只在此山中，云深⑥不知处⑦。

字词直通车 考点

① 寻：寻访。
② 隐者：隐士，隐居在山林中的人。
③ 不遇：没有遇到，没有见到。
④ 童子：这里指"隐者"的弟子。
⑤ 言：回答，说。
⑥ 云深：指山上云雾缭绕。
⑦ 处：行踪，所在。

诗情画"译"

在苍松下询问年少的学童，他说他的师傅已经去山中采药了。

只知道就在这座大山里，可山中云雾缭绕不知道他的行踪。

背景小调查

此诗是中唐时期诗僧贾岛到山中寻访一位隐者未能遇到有感而作，具体创作时间不详。隐者指的是隐士，一般是

不愿做官而回归自然的人。他们通常隐居在山林中，不追求名利，而是追求内心的宁静和与自然的和谐相处。

贾岛生在贫穷的家庭，父母早逝，他渴望通过科举考试考取功名，为国家做出贡献。但是，由于仕途上的挫折，他感到非常失落和沮丧。

贾岛听闻有一位隐居山林的高人，以采药济世为生，这让他既羡慕又景仰。一天，贾岛决定亲自上山拜访这位隐者，在寻找的过程中，遇到了隐者的徒弟，并与他进行了问答式的交流，得知隐者进山采药，并未在家中。贾岛放眼望去，山峦层叠，云雾茫茫，他想象着隐士在这清幽的山林中一边采药一边赏景，自由自在，不禁更加向往了。

诗意解读

❶ 这首诗寓问于答。"松下问童子"，必有所问，而这里把问话省去了，只从童子所答"师采药去"这四个字而可想见当时松下所问的是"师往何处去"。

❷ 后两句以"只在此山中"的童子答词，把问句隐括在内。最后一句"云深不知处"，又是童子在答复在哪里采药。

❸ 这首诗语言简练，平淡中见深沉，三番答问，逐层深入，表达感情有起有伏。

题李凝① 幽居

唐·贾岛

闲居少②邻并③，草径入荒园④。

鸟宿池边树，僧敲月下门。

过桥分野色⑤，移石动云根⑥。

暂去⑦还来此，幽期⑧不负言⑨。

字词直通车

① 李凝：诗人的朋友。 ② 少（shǎo）：不多。

③ 邻并：邻居。 ④ 荒园：指李凝荒僻的居处。

⑤ 分野色：山野景色被桥分开。

⑥ 云根：古人认为"云触石而生"，故称石为云根。

⑦ 去：离开。 ⑧ 幽期：再访幽居的期约。

⑨ 负言：指食言、失信。

诗情画"译"

悠闲地住在这里很少有邻居，杂草丛生的小路通向荒芜小园。

夜晚鸟儿栖息在池边的树上，皎洁的月光下僧人正敲着山门。

走过桥去看见原野迷人的景色，云脚在飘动，山石也好像在移动。

我暂时离开这里，不久就将归来，相约共同归隐，到期绝不失约。

背景小调查

　　贾岛出身于平民家庭，门第寒微，10岁那年，父母双亡。贾岛早早遁入空门做起了出家人，栖身佛门，号无本。方丈对贾岛极为关照，除了督促他念经修行，闲暇之余，还带着他云游四方，交友论道，学习诗文。方丈见贾岛酷爱作诗，便建议他去长安寻求发展，贾岛谢过方丈，便骑着一头瘦驴，奔赴长安。

　　一天，贾岛去长安城郊外拜访一个叫李凝的朋友。他沿着山路找了好久，才摸到李凝的家。此时，已经天黑，月光皎洁，池水微澜。他的敲门声惊醒了树上的小鸟，但遗憾的是，这天李凝并不在家。贾岛欣赏着恬淡、幽美的景色，有感而发，创作了这首诗。

诗意解读

❶ 首联通过对友人居所的描写，暗示友人的隐者身份。

❷ 颔联"敲"字用得极妙，反衬出周围环境的幽静。

❸ 颈联写回归路上所见，晚风轻拂，云脚飘移，仿佛山石在移动。"石"是不会"移"的，诗人用反说，别具神韵。

❹ 尾联点出诗人心中幽情，托出诗的主旨。

❺ 诗人以草径、荒园、宿鸟、池树、野色、云根等寻常景物，以及闲居、敲门、过桥、暂去等寻常行事，道出了人所未能道之境界，表达了作者对隐逸生活的向往之情。

知识加油站

"推敲"的故事

　　贾岛拜访好友李凝，结果李凝不在。于是他留诗："鸟宿池边树，僧推月下门。"第二天，贾岛骑着毛驴回家，一路之上，总觉得"僧推月下门"中的"推"字用得不好，可能用"敲"字更妥帖一些。他一边吟哦，一边做着敲门、推门的动作。结果误闯入韩愈的仪仗队中。得知缘故后，韩愈想了一会儿，对贾岛说："还是用'敲'字好些。敲门表示你是一个有礼貌的人。而且，用'敲'字，使深夜时分多了几分声响，静中有动，岂不更好？"贾岛深以为然，于是改"推"为"敲"，从此跟韩愈成为好朋友。这便是"推敲"的典故。后世用"推敲"比喻写文章或做事时，要反复斟酌，精益求精，才能得到最佳效果。

李贺

"天若有情天亦老"
的诗中鬼才

诗中鬼才

宗室王孙
与李唐宗室同出一脉

少年奇才

诗鬼
神仙鬼魅入诗
托古言今
"太白仙才，长吉鬼才"

半官半隐

**仕途
失意**

人物介绍

姓名：李贺　字：长吉　民族：汉族
生卒年份：（790—816）
出生地：河南福昌（今河南洛阳宜阳县）

243

雁门太守行 ❶

唐·李贺

黑云❷压城城欲摧，甲光❸向日金鳞❹开。

角❺声满天秋色里，塞上燕脂❻凝夜紫。

半卷红旗临易水❼，霜重鼓寒声不起。

报君黄金台❽上意，提携玉龙❾为君死。

字词直通车

❶ 雁门太守行：古乐府曲调名。

❷ 黑云：厚厚的乌云，这里指攻城敌军的气势。

❸ 甲光：铠甲的光芒。

❹ 金鳞：形容铠甲闪光像金色的鱼鳞。

❺ 角：古代军中的号角。 ❻ 燕脂：胭脂，指塞上泥土的颜色。

❼ 易水：河名，战国时有《易水歌》，十分悲壮。

❽ 黄金台：战国时期燕昭王所筑，置千金于台上，以广招天下人才。

❾ 玉龙：指一种宝剑，这里代指剑。

诗情画"译"

　　敌兵滚滚而来，犹如黑云翻卷，想要摧倒城墙；战士们的铠甲在阳光照射下金光闪烁。

　　号角声响彻秋夜的长空，边塞战场上的血迹在暮色中呈现出暗紫色。

　　红旗半卷，援军赶赴易水；夜寒霜重，鼓声郁闷低沉。

　　为了报答国君的恩义，手操宝剑甘愿为国血战到死。

李贺

　　李贺十几岁就名满天下，进京考进士时，遭人陷害未能考试。后来凭借父亲的恩荫被封为从九品的小官职——奉礼郎。李贺对这个官职并不满意，他最想做的就是到边关打仗建功立业，报效国家。他所处的中唐时期藩镇叛乱频繁，如元和四年（809），成德节度使王承宗的叛军攻打易州和定州，大将李光颜曾率兵驰救。元和八年（813）十二月，振武军发生兵变。元和九年（814），唐宪宗以张煦为节度使，领兵前往征讨雁门郡之乱，李贺即兴赋诗鼓舞士气，写下这首《雁门太守行》。

诗意解读

1. 诗的开头两句，渲染了战争的紧张形势。"黑云压城"写敌人来势凶猛，"欲摧"两字，增强效果，刻画出情势的危急。第二句写守城将士披坚执锐、军容整肃，有临危不惊之气概。

2. 三、四两句从声、色两个方面进一步渲染悲壮的气氛。角声呜呜，突显悲凉雄壮的意境；燕脂和夜紫描绘出战场之上鲜血遍染，在暮霭中呈现出暗紫色，使画面显得更加悲壮。

3. 五、六两句描绘战士作战场景，壮怀激烈，面对重重困难，毫不气馁。

4. 最后两句诗人才让主人公出场。黄金台是战国时燕昭王在易水东南修筑的，传说他曾把大量黄金放在台上，表示不惜以重金招揽天下之士。诗人借此写出了将士们报效朝廷的决心。

马诗二十三首
（其五）

唐·李贺

大漠[1]沙如雪，燕山[2]月似钩[3]。
何当[4]金络脑[5]，快走踏[6]清秋[7]。

字词直通车

[1] 大漠：广大的沙漠。

[2] 燕山：指燕然山，是西北盛产良弓的地方。

[3] 钩：古代兵器。 [4] 何当：何时。

[5] 金络脑：金络头，用黄金装饰的马笼头。

[6] 踏：走，跑。此处有"奔驰"之意。

[7] 清秋：晴朗的秋天。

诗情画"译"

　　平沙万里，在月光下像铺上一层白皑皑的霜雪。连绵的燕山山岭上，一弯明月当空，如弯钩一般。

　　什么时候才能给它戴上金络头，在秋高气爽的疆场上驰骋、建立功勋呢？

背景小调查

　　李贺的《马诗二十三首》，名为咏马，实际上是借物抒怀，抒发自己怀才不遇的愤慨和建功立业的抱负。这里所选的是第五首。李贺自小勤奋苦学，博览群书，顺利通过河南府试。参加进士考试时，嫉妒者毁谤他，说他父名晋肃，当避父讳，不得参加进士科考。韩愈曾为此作《讳辩》，驳斥其无耻行为，鼓励李贺应试。礼部官员昏庸草率，李贺虽应举赴京却未能应试，惨遭落第。

韩愈

　　李贺所处的时代正是藩镇极为跋扈的时代，诗中"燕山"暗示的幽州、蓟州一带又是藩镇割据为时最久、为祸最烈的地带，诗人希望能扫除战乱，建功立业，却因为没有人引荐，始终不被赏识，只能挣扎在社会下层。对马有所偏爱的诗人或许受伯乐识马所启发，结合自己怀才不遇的现实，带着愤懑之情创作了此组诗。

诗意解读 考点

❶ 前两句是说，平沙万里，在月光下像铺上一层白皑皑的霜雪。连绵的燕山山岭上，一弯明月当空。从月牙联想到武器，隐含着战斗的气息。

❷ 后两句借马抒情，金络脑是贵重的马具，象征马受重用，诗人借此抒发了渴望受到重用从而建功立业的感慨。

247

知识加油站

李贺借"鬼"寄慨

李贺,号称诗鬼。他的诗风以空灵甚至诡异见长,充满了神奇的想象力,辞采诡丽,如在《秋来》中,他写道:"秋坟鬼唱鲍家诗。"在《苏小小墓》中,诗人做出了极为大胆而诡异的想象,香魂来吊、鬼唱鲍诗、恨血化碧等极尽奇丽谲幻之观。南宋著名的文学评论家严羽评价他的诗为"鬼仙之词"。哪怕是他自己的形象,他也描绘如鬼。比如"病骨伤幽素""灯青兰膏歇""古壁生凝尘,鬼魂梦中语"……一片森然死寂之象。就连他的离世也带着神鬼之辞。据李商隐《李长吉小传》记载,李贺临终之时,

仿佛看到一位身着绯衣、驾赤虬车的人从天而降,请他去为天帝新建的白玉楼写《白玉楼记》。李贺虽人生黯淡,却在诗中为我们描绘出色彩斑斓、光怪陆离的鬼怪世界,也留下了"黑云压城城欲摧""雄鸡一声天下白""天若有情天亦老"等千古佳句。

请为天帝新建的白玉楼写《白玉楼记》。

杜牧

名门之后，
一生风流

出身名门

京兆杜氏
豪门子弟
宰相杜佑之孙

江湖人称"杜十三"
世称"杜樊川"

献计
平虏

精通兵法，深谙《孙子》，
献计当时宰相李德裕，助
大唐平虏获胜

风
流
才
子

人物介绍

姓名：杜牧　字：牧之　民族：汉族
生卒年份：（803—853）
出生地：京兆万年（今陕西西安）

山行

唐·杜牧

远上寒山❷石径斜❸，白云生处有人家。
停车坐❹爱枫林晚❺，霜叶红于二月花。

字词直通车 考点

❶ 山行：在山中行走。

❷ 寒山：深秋季节的山。

❸ 斜（xié）：伸向。

❹ 坐：因为。

❺ 晚：傍晚时。

诗情画"译"

深秋时节，一条曲曲折折的小路蜿蜒而上伸向山头，在那生出白云的地方居然还有几户人家。

诗人停下马车是因为喜爱深秋枫林的晚景，经过深秋寒霜的枫叶，比二月的春花还要红。

背景小调查

《山行》创作时间没有明确的记载。根据诗歌的内容和风格，有人认为这首诗是杜牧在唐武宗会昌年间在安徽池州刺史任上所作。诗人在深秋的一个午后出游，来到林木萧条的山前，一条石路蜿蜒而上，仿佛在黄绿的草木中画出一条白线，而这白线的顶端是山巅缭绕的白云，白云下面隐约可见有些房屋。那里居住的一定是世外高人吧！诗人很想去拜访他们，可是突然他被眼前的景色吸引住了：在落日的映照下，经霜后的枫林如火如荼，每一片叶子都像燃烧的火焰，表现了诗人对自然和生命的热爱。

好像火焰呀！

诗意解读 考点

❶ 诗的第一句，用一个"斜"字，写出一条石头小路蜿蜒曲折地伸向充满秋意的山峦，层次清晰。

❷ 第二句写云，写人家，诗人的目光顺着这条山路一直向上望去，在白云飘浮的地方，有几处山石砌成的石屋，把两种景物有机地联系在一起了。

❸ 第三句写傍晚的枫林让诗人倾心，"爱"字表现出诗人对枫林晚景的喜爱之情。

❹ 最后一句是全诗的中心句，点明喜爱枫林的原因。霜叶相比于二月花，不仅色彩更鲜艳，而且更能耐寒。

清明 ①

唐·杜牧

清明时节雨纷纷 ②，路上行人欲断魂 ③。
借问 ④ 酒家何处有，牧童遥指杏花村 ⑤。

字词直通车

① 清明：二十四节气之一，在每年公历 4 月 5 日前后。
② 纷纷：形容多。
③ 断魂：神情凄迷，烦闷不乐。
④ 借问：请问。
⑤ 杏花村：杏花深处的村庄。

诗情画"译"

清明时节细雨纷纷飘洒，路上的行旅之人个个都神情凄迷，烦闷不乐。

询问当地之人何处买酒消愁，牧童用手指了指远方杏花深处的村庄。

背景小调查

　　杜牧才华横溢，却不幸陷入晚唐的牛李党争之中，被贬到了池州任职。大约在会昌六年（846）的清明节，杜牧想着自己的处境和远方的亲人，心中生出无限感伤。如何排解清明时节的忧愁呢？他忽然有了个主意——找个酒馆借酒消愁，他询问放牧的牧童，牧童随手一指杏花深处的村庄。至于杜牧能否喝上杏花村的酒我们就不得而知了，但他这首《清明》却流芳百世。诗人没有引经据典，而是用平淡的语言，却化平淡为神奇，描绘了一幅诗意的雨中问路图。

诗意解读

❶ 诗的第一句，诗人用"纷纷"两个字来形容清明的细雨，以及雨中行路者的心情。

❷ 第二句写孤身行路的人，赶上细雨纷纷，春衫尽湿，触景伤怀，像断了魂一样。

❸ 第三句顺理成章提出问题——到哪里找个小酒店喝两杯才好呢？

❹ 第四句给出答案，却只写到"遥指杏花村"就戛然而止，再不多费一句话，为读者留下了广阔的想象空间。

❺ 这首小诗用十分通俗的语言，写得自如之极，非常富有音韵感，所描写的景象也清新生动，毫无雕琢造作之痕。

江南春

唐·杜牧

千里莺啼 ① 绿映红，水村山郭 ② 酒旗 ③ 风。
南朝 ④ 四百八十寺，多少楼台 ⑤ 烟雨中。

字词直通车

考点

① 莺啼：莺啼燕语。

② 郭：外城。

③ 酒旗：一种挂在门前以作为酒店标记的小旗。

④ 南朝：指先后与北朝对峙的宋、齐、梁、陈政权。

⑤ 楼台：楼阁亭台。此处指寺院建筑。

诗情画"译"

辽阔的江南，到处莺歌燕舞，绿树红花相映，水边村寨山麓城郭处处酒旗飘动。

南朝遗留下的许多座古寺，如今有多少笼罩在这朦胧的烟雨之中。

背景小调查

节度使藩镇 VS 大唐政权

唐文宗大和七年（833）春，杜牧奉幕主沈传师之命，由宣州经江宁往扬州访淮南节度使牛僧孺途中写下这首诗。杜牧生活的晚唐时期，藩镇割据、宦官专权、牛李党争并起，唐王朝大厦将倾。唐宪宗当政后，醉心于自己平淮西等一点点成就，飘飘然地做起了长生不老的春秋大梦，一心事佛，佛教的地位被抬高到了天际。后继的穆宗、敬宗、文宗照例提倡佛教，僧尼之数继续上升，举国上下兴修寺庙，大大削弱了政府的实力，加重了国家的负担。诗人在江南看到佛寺之后，不禁想起南朝，尤其是梁武帝

如此多的寺庙，这是要亡国的节奏呀！

大肆兴建寺庙而致国库枯竭，最后国家丧亡的往事，因而创作了这首诗，以史为鉴，委婉劝谏唐王朝的统治者，表达了诗人对晚唐国运的担忧。

唐诗
不用背
一读就懂 一学就会

诗意解读

❶ 首句诗人从声音的角度，通过听觉，表现出江南春天莺歌燕舞的热闹场面。"千里"两字不但从空间上扩大了诗歌的审美境界，而且为后面的描写奠定了基础。

❷ 次句描写了进入眼帘的景物——水村、山郭、酒旗，一个"风"字，增添了诗歌的动态感，以及诗歌的文化底蕴和人文气息。

❸ 第三句饱含历史沧桑之感，表现了南朝时期佛教盛行的状况，并为后面结句中的抒情奠定基础。

❹ 末句诗人通过虚实结合，由眼前而历史，穿过时空，借古喻今，感怀时事。

南朝   唐朝

赤壁

唐·杜牧

折戟¹沉沙铁未销²，自将³磨洗⁴认前朝。
东风⁵不与周郎⁶便，铜雀⁷春深锁二乔⁸。

字词直通车

❶ 戟：古代兵器。
❷ 销：销蚀。
❸ 将：拿，取。
❹ 磨洗：磨光洗净。
❺ 东风：指三国时期火烧赤壁的事。
❻ 周郎：指周瑜，字公瑾，三国名将。
❼ 铜雀：铜雀台，曹操所造，在今河北临漳西南。
❽ 二乔：东吴乔公的两个女儿。长女嫁孙策，称大乔；次女嫁周瑜，称小乔。

诗情画"译"

　　赤壁的泥沙中，埋着一枚未锈尽的断戟。自己磨洗后发现这是当年赤壁之战的遗留之物。

　　倘若不是东风给周瑜以方便，结局恐怕是曹操取胜，二乔被关进铜雀台了。

背景小调查

曹操

刘备

孙权

发生于汉献帝建安十三年（208）十月的赤壁之战，奠定了魏蜀吴三国鼎足而立的形势。杜牧在他担任黄州刺史期间创作了这首诗。当时，唐朝国力衰退，社会矛盾尖锐，藩镇割据，战乱频发。杜牧深感国势不可挽回，十分痛心。在他游览了赤壁古战场后，通过对古战场的观察和体验，以及对三国时期历史事件的回顾，创作了这首具有独特视角和个人情感的作品。诗人观

噢？这是什么？

赏了古战场的遗物，对赤壁之战发表了独特的看法，也通过诗歌表达了他对历史和现实的深刻思考及对国家命运的忧虑。

魏

诗意解读 考点

❶ 这是诗人凭吊古战场所写的咏史诗。前两句描写看似平淡实则不平。沙里沉埋着断戟，点出了此地曾有过历史风云。战戟折断沉沙却未被销蚀，暗含着岁月流逝而物是人非之感。这样，前朝的遗物又进一步引发作者浮想联翩的思绪，为后文抒怀做了很好的铺垫。

借点东风呗。

周瑜

不借，不借。

❷ 后两句"东风不与周郎便，铜雀春深锁二乔"是议论。诗人没有直接铺叙政治军事情势的变迁，而是通过两个东吴著名美女的命运，反衬出历史中的运气成分。

❸ 杜牧在此诗里，通过"铜雀春深锁二乔"这一富于形象性的诗句，以小见大，点明主旨，这正是他在艺术处理上独特的成功之处。

走，跟我回家。

大乔

小乔

泊秦淮

唐·杜牧

烟笼寒水月笼沙，夜泊秦淮近酒家。
商女❷不知亡国恨，隔江犹❸唱《后庭花》❹。

字词直通车 考点

❶ 秦淮：秦淮河。

❷ 商女：以卖唱为生的歌女。

❸ 犹：还，仍然。

❹《后庭花》：唐教坊曲《玉树后庭花》的简称。

诗情画"译"

迷离月色和轻烟笼罩着寒水白沙，夜晚船只停泊在秦淮河边靠近岸边的酒家。

卖唱的歌女不知道什么是亡国之恨，隔着江水仍在高唱着《玉树后庭花》。

背景小调查

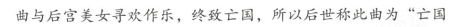

　　金陵秦淮河两岸历来是达官贵人们享乐游宴的场所，"秦淮"也逐渐成为奢靡生活的代称。杜牧夜泊于此，眼见秦淮河岸灯红酒绿，耳闻歌女唱《玉树后庭花》，南朝皇帝陈后主长期沉迷于声色，作此曲与后宫美女寻欢作乐，终致亡国，所以后世称此曲为"亡国之音"。陈朝虽亡，这种靡靡的音乐却留传下来，还在秦淮歌女中传唱，这使杜牧非常感慨：这些歌女连亡国恨都不懂！杜牧想到唐朝国势日衰，当权者昏庸荒淫，感慨万千，于是借题发挥，这首诗实际上讥讽的是晚唐政治：群臣们沉湎于酒色，快步陈后主的后尘了。

我要作首曲子。

国要没了，还在唱歌！

❶ 首句中，烟、水、月、沙四者，被两个"笼"字和谐地融合在一起，绘成一幅极其淡雅的水边夜色，给人以强烈的吸引力。

❷ 第二句看似平平，却承上启下，网络全篇。"夜泊秦淮"点出时间、地点，具有典型意义，正由于"近酒家"，才引出"商女""亡国恨"和《后庭花》，由此触动了诗人的情怀。

❸ 最后两句，表面上诗人似乎是在斥责"商女"无知，但矛头所指，却是那些身负天下安危但醉生梦死的达官显贵。

❹ 此诗构思奇巧，情景交融，借古讽今，表现了作者对国家命运的无比关怀和深切忧虑的情怀。

仲春寒食诗

与杜牧《清明》中清明节相似的节日还有寒食节，在清明节的前一两天。两个节日都有追怀先人的意义，因此后世往往混淆。唐诗中有许多以寒食为题的诗歌，其中以韩翃的《寒食》诗最为有名：

寒食

唐·韩翃

春城无处不飞花，寒食东风御柳斜。

日暮汉宫传蜡烛，轻烟散入五侯家。

这首诗描绘了暮春时节的几个典型景物，生动鲜明地写出长安寒食日的秀美风光。但笔锋一转，诗人以汉代唐，借汉讽唐，深寓着对当时宦官专权、朝政日非的不满和隐忧。据说，韩翃因作了这首诗，而受到唐德宗的赏识，被任命为驾部郎中，执掌制诰。

李商隐

"一生襟抱未曾开"的情诗之王

情诗之王

晚唐杰出诗人，与杜牧合称"小李杜"
与温庭筠合称"温李"

皇族遗脉

骈文高手

"虚负凌云万丈才，
一生襟抱未曾开。"

心中向佛

与许多名僧
交往甚密

"夕阳无限好，
只是近黄昏。"

人物介绍

姓名：李商隐　字：义山　民族：汉族
生卒年份：（813—858）
出生地：获嘉县（今河南新乡市）

夜雨寄北 [1]

唐·李商隐

君 [2] 问归期 [3] 未有期，巴山 [4] 夜雨涨秋池 [5] 。
何当 [6] 共 [7] 剪西窗烛 [8] ，却话 [9] 巴山夜雨时。

字词直通车

[1] 寄北：写诗寄给北方的妻子。 [2] 君：你，指诗人的妻子王氏。
[3] 归期：指回家的日期。 [4] 巴山：这里泛指四川东部的山。
[5] 秋池：秋天的池塘。 [6] 何当：什么时候能。 [7] 共：一起。
[8] 剪西窗烛：在西窗下剪灯芯，这里形容深夜秉烛长谈。
[9] 却话：从头谈起，追述。

诗情画"译"

你问我回家的日期，我还没有确定日期，此刻巴山的夜雨淅淅沥沥，雨水已涨满秋天的池塘。

什么时候我们才能一起秉烛长谈，相互倾诉今宵巴山夜雨中的思念之情。

李商隐早年家贫，18岁时得到天平军节度使令狐楚的赏识，在伯乐和恩师令狐楚几次资助下才考中进士，开始步入仕途。令狐楚去世后，李商隐应泾原节度使王茂元的聘请，担任其幕僚。王茂元对李商隐的才华非常

欣赏，甚至将女儿嫁给了他。当时朝廷牛党李党斗争激烈，王茂元是"李党"要员，令狐楚父子是"牛党"要员。这段婚姻使李商隐卷入牛李两党的斗争之中。李商隐处在夹缝中备受压制，迫于生计，不得不辗转于各地幕府漂泊为生。

大中五年（851），李商隐在东川节度使柳仲郢府中做幕僚，他的妻小却远在长安。到巴蜀不久，诗人接到长安寄来的书信，问他何时回家。当时

诗人滞留巴蜀，写诗来寄怀北方的故人。

这首诗有人认为是写给妻子的，也有人说是写给长安的故友的。无论是寄怀友人还是妻子，这都是一首伤心之作。

诗意解读 考点

❶ 这首诗运用了虚实结合的手法。前两句是实写，后两句是李商隐的想象，属于虚写。

❷ 首句点题，一问一答，先停顿，后转折，跌宕有致，极

富表现力。离别之苦、思念之切，跃然纸上。

❸ 次句诗人用寄人离思的景物，巴山、夜雨和秋池，来表达他对妻子或友人的无限思念。

❹ 最后两句是对未来团聚时的一种幸福想象。心中满腹的寂寞思念，只有寄托在将来。

❺ 此诗语言朴素流畅，情真意

切。"巴山夜雨"重复出现，令人回肠荡气。"何当"紧扣"未有期"，有力地表现了作者思归的急切心情。

无题①

唐·李商隐

相见时难别亦难，东风无力百花残②。
春蚕到死丝方尽③，蜡炬④成灰泪始干。
晓镜⑤但愁云鬓⑥改，夜吟应觉月光寒⑦。
蓬山⑧此去无多路，青鸟⑨殷勤⑩为探看。

字词直通车　考点

① 无题：李商隐常用的诗名。　② 残：凋零。
③ 丝方尽：以"丝"喻"思"。　④ 蜡炬：蜡烛。　⑤ 镜：照镜子。
⑥ 云鬓：这里比喻青春年华。　⑦ 月光寒：指夜渐深。
⑧ 蓬山：蓬莱仙山。　⑨ 青鸟：神话中为西王母传递音信的信使。
⑩ 殷勤：情谊恳切深厚。

诗情画"译"

相见很难，离别更难，何况在这东风无力、百花凋谢的暮春时节。

春蚕结茧到死时丝才吐完，蜡烛烧成灰烬时烛泪才能滴干。

早晨照镜，只担忧青春不再。长夜独吟，却觉得冷月侵人。

蓬莱山遥远，无路可通，烦请青鸟为使者，殷勤地为我去探看。

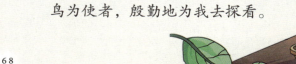

关于这首诗的背景有两种说法：

其一，这首诗当作于唐宣宗大中五年（851），李商隐在徐州武宁军节度使卢弘止幕府任判官，但是很不幸，卢弘止不久就病死了。李商隐回到长安，投奔时任宰相兼礼部尚书的令狐绹，他为了让令狐绹任用自己，写了几首无题诗。

其二，有人认为这是一首爱情诗。李商隐在十五六岁的时候，在玉阳山学道，与女道士宋华阳相爱。两人的感情不能公开于世，而作者又不能抑制心内奔涌的爱情狂澜，于是只能以诗记情，并隐其题，从而使诗显得既朦胧婉曲又深情无限。

269

诗意解读 考点

❶ 首联借景物反映人的境遇和感情，"别"字暗示被迫分离，两个"难"字，第一个指相会困难，第二个是离别时痛苦难堪，"东风无力百花残"一句，既是写自然环境，也是抒发诗人心境。

❷ 颔联全用谐音、隐喻，写诗人的思念，如同春蚕吐丝，到死方休，诗人的伤心之泪像蜡泪一样直到蜡烛烧成了灰，才能流尽。

❸ 颈联说诗人因为相思之苦而无法成眠，以至于容颜憔悴。推己及人，对方也一定跟自己一样，夜不成寐，愁怀深重，无从排遣。

❹ 尾联诗人寄希望于青鸟，能够常到蓬山看望自己思念之人。到这里，诗虽然结束了，诗人的痛苦与追求还将继续下去，意犹未尽。

累死了。

来信啦！

锦瑟

唐·李商隐

锦瑟无端[2]五十弦，一弦一柱思华年。
庄生[3]晓梦迷蝴蝶，望帝[4]春心托杜鹃。
沧海月明珠有泪[5]，蓝田[6]日暖玉生烟。
此情可待成追忆，只是当时已惘然[7]。

字词直通车

考点

1 锦瑟：装饰华美的瑟。 **2** 无端：无缘无故。
3 庄生：庄子。 **4** 望帝：古蜀帝。
5 珠有泪：《博物志》载，"南海外有鲛人……其眠能泣珠"。
6 蓝田：蓝田山。 **7** 惘然：失意的样子。

诗情画"译"

精美的瑟为什么竟有五十根弦，一弦一柱都叫我追忆青春年华。

庄周在梦中化为蝴蝶翩翩起舞，望帝把自己的幽恨托身于杜鹃。

沧海明月高照，鲛人泣泪皆成珠；蓝田红日和暖，可看到良玉生烟。

如此情怀，今朝回忆始感无穷怅恨，在当时早已是令人不胜感伤了。

背景小调查

宏图壮志

李商隐20余岁考中进士，打算大展宏图，不想在博学鸿词科大考中遭人嫉妒被刷下，从此大感怀才不遇。在晚唐党争中，他夹在中间，左右为难，遭到两方的猜疑，屡遭排斥。他中年丧妻，跟多名女子相恋却都没什么结果。到了晚年，前尘往事涌上心头，诗人写下了这首《锦瑟》诗。诗成之后，引发了无限猜测。有人说是李商隐写给令狐楚家一个叫"锦瑟"的侍女的；有人说是他写给亡妻王氏的悼亡诗；有人认为中间四句诗可与瑟的适、怨、清、和四种音调相合，从而推断为描写音乐的咏物诗；有人认为是爱国之篇，有影射政治之意；有人认为是自伤身世、自比文才；还有人认为是自叙诗

化悲愤为诗！

歌创作……许多种说法，不一而足。此诗是李商隐最难索解的作品之一，诗家素有"一篇《锦瑟》解人难"的慨叹。

诗意解读 考点

❶ 首联以幽怨悲凉的锦瑟起兴，借助对锦瑟形象的联想来展现诗人内心深处复杂的感情，点明了"思华年"的主旨。

❷ 颔联以"庄生梦蝶""望帝托心"的典故入诗，赋予典故以新的哲理，让读者有感于物，有悟于心。

❸ 颈联也用了两个典故，跟上联的两个典故，糅合在一起，形成一个难以分辨的妙境。诗人从典故中提取的意象是那样神奇、空灵，他的心灵向读者缓缓开启，华年的美好、生命的感触等皆融于其中，却只可意会不可言说。

❹ 尾联采用反问递进句式加强语气，说明这令人惆怅伤感的"此情"，早已迷惘难遣，此时当更令人难以承受。

登乐游原 ^❶

唐·李商隐

向晚^❷ 意不适^❸，驱车登古原^❹。

夕阳无限好，只是近^❺黄昏。

字词直通车

❶ 乐游原：在长安（今西安）城南，是唐代长安城内地势最高地。

❷ 向晚：接近傍晚。

❸ 不适：不悦，不快。

❹ 古原：指乐游原。

❺ 近：快要。

诗情画"译"

　　傍晚时分我心情不太好，独自驱车登上了乐游原。

　　虽然夕阳晚景无限美好，可惜的是，已接近黄昏时刻，美好转瞬而逝。

背景小调查

此诗当作于会昌四年（844）或五年（845）间，当时诗人退居太原，往来京师，过乐游原而作此诗。

乐游原在长安城南，是当时的一个游览胜地，地势高耸，登上它可望长安城，长安的官员和百姓在闲暇之余常来此处登高，远眺长安城，文人墨客也经常来此作诗抒怀。

李商隐所处的时代正是大唐国运将尽的晚唐，尽管他有抱负，但是无法施展，很不得志。尤其是他陷入党争之中，左右为难，两党都排斥他，让他感到异常失意，这首《登乐游原》正是他心境郁闷的真实写照。有人认为夕阳是嗟老伤穷、残光末路之感叹；也有人认为此为诗人热爱生命、执着人间而心光不灭的体现，是积极的乐观主义精神。千百年来，不知多少人在面对美好的夕阳时，会情不自禁地发出"夕阳无限好，只是近黄昏"的感慨！

诗意解读 考点

❶ 前两句说诗人傍晚时分心情郁闷，驾着车登上古老的郊原，点明登古原的时间和原因。

❷ 后两句说夕阳下的景色无限美好，只可惜已接近黄昏。"无限好"是对夕阳下的景象热烈赞美。然而"只是"二字，笔锋一转，转到深深的哀伤之中。

❸ 这首诗是诗人无力挽留美好事物而发出的深长的慨叹。尤其是最后两句，近于格言式的慨叹，含义十分深刻，它不仅对夕阳下的自然景象而发，也是对自己、对时代而发。

知识加油站

杜秋娘的人生感慨

　　相比于李商隐情诗的隐讳神秘，另一位晚唐人物的情诗却直接而热烈，那就是杜秋娘的《金缕衣》。

金缕衣

唐·杜秋娘

劝君莫惜金缕衣，劝君惜取少年时。
花开堪折直须折，莫待无花空折枝。

　　这首诗语言浅白，简直就像是一首打油诗，却一直为人传诵，成为千古名篇。尤其是最后两句，一口气用了三个"折"字、两个"花"字，变化的句式让诗的节奏一下子变得热烈起来，字的反复让诗中表达的爱恋的主题更加强烈。读这首诗，就仿佛在吟唱一首优美的歌，动听的旋律从历史时空中传来，反复咏叹着时光的美好，劝诫世人要珍惜真正美好的事物，否则一旦失去它们，将会无限悔恨。这是多么直接明了，不费猜疑。

牛刀小试

第一关　我会选

1. 下列哪位诗人做过和尚？（　）
A. 杜牧　　　　B. 李贺　　C. 贾岛

2. 与李商隐并称"小李杜"的是下面哪位诗人？（　　）
A. 杜牧　　B. 杜甫　　　C. 杜荀鹤

3. "借问酒家何处有，牧童遥指_____"提到了什么村庄？（　）
A. 梅花村　B. 杏花村　　C. 桃花村

第二关　我会背

1. 松下问童子，_____。

2. _____，僧敲月下门。

3. 黑云压城城欲摧，_____。

4. _____，却话巴山夜雨时。

5. 南朝四百八十寺，_____。

飞花令：酒

1. 兰陵美**酒**郁金香，玉碗盛来琥珀光。

　　　　　　—— 唐·李白《留客中行》

2. 李白斗**酒**诗百篇，长安市上**酒**家眠。

　　　　　　—— 唐·杜甫《饮中八仙歌》

3. 今朝有**酒**今朝醉，明日愁来明日愁。

　　　　　　—— 唐·罗隐《自遣》

4. 新丰美**酒**斗十千，咸阳游侠多少年。

　　　　　　—— 唐·王维《少年行四首》

第三关　我会解

1. 不遇：_____。　2. 金络脑：_____。

3. 周郎：_____。　4. 却话：_____。　5. 惘然：_____。

第四关　我会译

1. 只在此山中，云深不知处。

　_____

2. 停车坐爱枫林晚，霜叶红于二月花。

　_____

3. 夕阳无限好，只是近黄昏。

　_____

牛刀小试答案

第一关：我会选

1. C
2. A
3. B

第二关：我会背

1. 言师采药去
2. 鸟宿池边树
3. 甲光向日金鳞开
4. 何当共剪西窗烛
5. 多少楼台烟雨中

第三关：我会解

1. 没有遇到，没有见到
2. 即金络头，用黄金装饰的马笼头
3. 指周瑜，字公瑾，三国名将
4. 从头谈起，追述
5. 失意的样子

第四关：我会译

1. 只知道就在这座大山里，可山中云雾缭绕不知道他的行踪。
2. 停下马车是因为喜爱深秋枫林的晚景，经过深秋寒霜的枫叶，比二月的春花还要红。
3. 虽然夕阳晚景无限美好，可惜的是已接近黄昏时刻，美好转瞬而逝。